新選組のレシピ

市宮早記

PHP
文芸文庫

○本表紙デザイン＋ロゴ＝川上成夫

新選組のレシピ　目次

一品目　始まりの水晶寄せ

やわらかな朝の光に包まれたリビングに、できたての料理のいい匂いが広がる。

「お父さん、まだ？」

ダイニングテーブルに座った少女が、待ちきれない様子で聞いた。視線の先には、大きな背中を丸めて調理台に向かう父親の姿がある。

「こら、お行儀悪い」

隣に座っていた母親が、ぶらつかせていた少女の足を軽く叩いた。少女は軽く肩をすくめて姿勢を正す。

そうしている間に料理を作り終えたのか、父親がリビングにやってきた。その手には、黄金色のだし巻き卵の載ったお皿がある。

「わあ、おいしそう！」

一番の好物を前にして、少女は顔を輝かせた。

父親はそんな少女の頭にそっと手を乗せる。大きな手が優しく頭を撫《な》でた。

「誕生日おめでとう、花《はな》」

▷

目を開けると、神崎《かんざき》花は真っ暗な部屋の中にいた。窓の外からは、アパートの前を走る車のエンジン音が聞こえる。

花は手探りで枕元のスマートフォンを摑《つか》み、起動させた。時刻は朝の五時。数件メールが届いているのに気づいて、身体を起こしつつ中身を開いた。

『二十歳の誕生日おめでとう！　仕事は相変わらず忙しい？　たまには東京に帰ってきてね』

高校時代の友だちからのメッセージを読んで、「あっ」と声が漏れた。そうか。今日は誕生日だったのか。

だからあんな夢を見てしまったのだろうかと、少し苦い気持ちで考える。

さっき見たのは、花の十歳の誕生日の記憶だった。——あのときは、これが父親と母親と家族三人で囲む最後の食卓になるなんて、想像さえしていなかった。

部屋の電気をつけると、毛布を身体に巻き付け、一つずつ届いたメールに返信していく。しかし、最後のメールでふと手が止まった。

差出人は母親で、件名には『誕生日おめでとう』とある。

メールを開くか少しためらって、時計に目をやった。目が覚めてからすでに二十分がたっている。そろそろ支度をしなければ、遅刻してしまうかもしれない。

返信は仕事が終わってからにしようと決めて、さっそく着替えを始める。

花は約一年前、東京の専門学校を卒業し、調理師の免許を取ったあと、京都でも名高い老舗《しにせ》料亭『桔梗《ききょう》』に就職した。以来、料理人の見習いとして働いている。

どんな職でも下っ端は辛いものだろうが、殊《こと》に料理人の下積み期間は長く厳しい。

皿洗いや仕込みといった地味な仕事を早朝から深夜までやり、帰ったらシャワーを浴びて泥のように眠る。そんな生活が毎日のように続くのだ。

すでに専門学校時代の友だちの半数近くが料理人を辞めてしまっているが、気持ちは理解できなくもない。自分は料理以上に好きなことがないから続けられているのであって、他にやりたいことがある人には耐えがたい生活だろう。

鎖骨辺りまである髪をうしろで一つに結ぶと、干していた、桔梗の屋号の入った手拭いをリュックに入れて、玄関へ急ぐ。靴を履《は》きながら、忘れ物をしていないか確認のため、部屋を振り返った。狭い五畳の空間が広く見えるほど、部屋の中は殺風景だ。京都に引っ越してからずっとここに住んでいるが、いまだに必要最低限のものしかない。休みの日も料理の研究ばかりして、自分のことにあまり頓着《とんちゃく》してこなかったからだ。

今日も誕生日とはいえ、特別なことをする予定はない。

「……いってきます」

声と共に吐き出された息は白く、冷え切った部屋にふわりと溶けた。


料亭『桔梗』にいつも通り一番乗りすると、仕事着に着替えて厨房《ちゆうぼう》に入った。

誰もいない厨房はしんと静まり返っているが、これは嵐の前の静けさだ。あと一時間もすれば先輩たちが厨房に入り始め、目が回るような忙しさになる。

さっそく仕込みを始めようと、流しへ向かい手を洗う。氷を溶かしたような冷たい水に、花は思わず身震いした。

できるだけ鮮度の高い食材で料理を提供するため、基本的に仕込みは当日の朝にすることになっている。冷蔵庫から食材を取り出すと、調理台に並べていく。

「――よし！」

山のような食材を前に、花は拳《こぶし》を握って気合いを入れた。


息つく暇もないほど忙しいランチタイムを乗り越え、午後三時を過ぎた頃、ようやく昼休憩に入ることができた。

自分の分のまかないを最後に皿に盛りつけ、従業員用の休憩部屋に移動する。部屋は厨房の隣にある和室で、あまり広くはないが、エアコンがあって小さなテレビも置かれている。

部屋に入ると、先に休憩に入っていた先輩たちは、すでに食事を始めていた。

「神崎、こっち」

手招きするのは花にとって唯一の女性の先輩である、三上真紀《みかみまき》だ。歳は三十で、煮方と呼ばれる煮物担当の役職を任されている。他に女の料理人がいないこともあって、ここで働き始めて以来、三上には目をかけてもらっている。

花は三上の正面に座って、「お疲れ様です」と軽く頭を下げた。

「お疲れ。今日のまかない、えらいおいしいな」

「ありがとうございます」

笑顔になって答える花に、三上はにやりと笑って付け加える。

「なんと、あの料理長も完食しとったで」

「えっ、本当ですか⁉」

思わず声を上げて身を乗り出す。まかないは花のような調理場の一番下っ端が担当する仕事だが、料理長は味にうるさく、滅多《めった》に食べきらない。過去にはまかないを作った本人の目の前で、一口だけ食べてごみ箱に捨てたことさえあるらしい。

いくらまずくとも、食べ物を粗末にするのはいかがなものかと思うが、料理長がまかないにこだわる理由はなんとなく分かる。まかないは限られた食材で、三十人ほどいる従業員の分を全て、短時間で作らなければならない。しかも食べるのは、舌の肥えた料理人ばかり。調理場の新人にとって、まかない作りは一番の腕の磨きどころともいえるのだ。

「やるやん。完食なんか今の副料理長以来やで」

三上の言葉に花は喜びを抑えきれず、両手を上げて万歳した。

「やったー！」

「……うっさいな。料理長が全部食うたぐらいで大げさやろ」

聞こえた声に顔を向けると、畳に寝転がる男の姿があった。迫田芳樹《さこたよしき》、揚げ場という天ぷら担当の役職を任されている、三上と同期の先輩だ。

面倒な人に絡《から》まれてしまった。迫田はなぜか自分を目の敵《かたき》にしているようで、こうして事あるごとにつっかかってくるのだ。

「気にせんでええよ。あいつあんたと同じ一年目んとき、料理長にまかない捨てられたから、僻《ひが》んでんねん」

「ち、ちゃうわ、ぼけ！　三上は黙っとけ」

へえ、まかない捨てられたの迫田さんだったんだ……。

「おい、神崎。何にやついてんねん」

「あっ、すみません。つい」

笑って頭を下げつつ、自分の作ったまかないを一口食べる。

「お、おいしい！　これ作った人、天才……？」

「自分で言うなや」

迫田がぼそりと呟《つぶや》くが、花の耳には届かない。

今日はもともと揚げ出し豆腐を作るつもりだったが、豆腐が足りなかった。そのため大根で代用して揚げ出し大根を作ったのだが、想像以上のできだった。外はカリッとしていて食感がいいし、何よりだしがよく染み込んでいる。

揚げ出し大根に使っただしは、休日を何日も費《つい》やし試行錯誤《しこうさくご》した末、ようやくたどり着いた特製のものだ。このだしを使った料理を料理長が認めてくれたのは、とても嬉しい。

ご機嫌な笑顔の花に迫田はそれ以上何か言うことはなく、寝転んだままテレビを点《つ》けた。

やっているのは、人間の脳に関するサイエンスバラエティのようだ。スタジオにいる、いかにも頭の良さそうな学者が、脳は最大で十一次元構造を持っているということについて説明している。初めは学者の説明を理解しようと聞いていた花だったが、一分とたたずに話についていけなくなった。

学生時代も勉強はからっきしだったし、まあ仕方がないだろう。

諦《あきら》めてまかないを食べることに集中する。下っ端の花は、夜の部でも一番に厨房に入って、仕込みを始めなければならない。

食べ終わると、すぐに皿を重ねて立ち上がった。休憩部屋を出ようとしたところで、ふとテレビが目に入る。ちょうど番組が終わるところのようだ。

「——脳には未知な部分が多く、さまざまな可能性に溢《あふ》れています」

聞こえてきた締めのナレーションが、なんとなく耳に残った。


「神崎、ちょっと来いや」

料理長にそう呼び出されたのは、営業時間が終わってすぐの頃だった。

反射的に何かミスをしただろうかと、今日一日の自分の行動を思い出す。料理長はとても厳しい人で、個別に話をするときは説教と相場が決まっているのだ。

迫田が「何やらかしたんや？」と小声でからかうように聞いてくるが、答える余裕もない。花は洗っていた皿を置いて、急いで料理長のもとへと走った。

休憩部屋の座卓の前にどかりと腰を下ろすと、料理長は座れと言うように顎《あご》で自分の正面を示した。緊張しつつ、料理長に示された場所に正座する。

一体何を言われるのだろう。料理長に呼び出されるような心当たりは、どれだけ考えてもなかった。いつもと違うことといえば、料理長がまかないを完食したことくらいだが、まさか料理長に限って褒めるのが用件ということはないだろう。

何か考えるように目を閉じたまま黙っている料理長の顔を、気づかれないようこっそりうかがう。白髪交じりの頭に、いつも皺《しわ》の寄っている眉間《みけん》。歳は四十代らしいと三上から聞いたことがあったが、正直なところもっと年上に見える。

「神崎」

不意に料理長が目を開けて花を見た。慌てて背筋を伸ばす。

「はっ、はい。何でしょうか」

「お前……父親の名前は何ちゅうんや」

思いもよらない質問に、思わず「へ？」と間の抜けた声が漏れた。

「神崎智弘《ともひろ》ですが……」

「……そやったか」

呟くように言ってため息をつくと、それきりまた口を閉ざしてしまう。意味深な料理長の態度に、花は落ち着かない気分になった。

「あの、私の父親がどうかしたんですか？」

急《せ》かすように尋ねると、料理長は座卓の上に置いていた手を組み、口を開いた。

「お前の父親とは、昔同じ店で働いとった同期やったんや」

料理長の言葉にはっと息をのむ。

「智弘はそんとき働いとった店で、一番の料理人やった。あいつはすぐに料理長を任されるようになって、俺はずっと副料理長をしとった」

当時を思い出しているのか、料理長の目が遠くを見るように細まる。

「無口で感情の起伏《きふく》の小さい男やったけど、料理に対しては誰より熱い心を持っとった。店閉めたあとも、よう二人で残って新しいメニュー考えたりしたもんや」

「そう、だったんですか……」

「行方不明なったて聞いとったんやけど、まだ見つかってへんのか？」

「……はい」

十歳の誕生日の夜、父親は失踪して行方はいまだに分かっていない。

母親によると父親はその日の晩、仕事終わりに二人で家に帰っている途中、突然突っ込んできた車に跳ね飛ばされ、直後その場から忽然《こつぜん》と姿を消したらしい。父親を轢《ひ》いた犯人は逃げてしまったそうで、目撃者は母親しかいないと聞いている。

「そやったか……」

料理長の表情がくもる。花は重い空気に居心地の悪さを感じながらも、視線を上げて料理長の顔を見た。

「あの、どうして今になって、私の父親のこと気づいたんですか？」

料理長は花の問いに「だしや」と答えた。

「昼のまかないの揚げ出し大根――あのだしと智弘のだしが、よう似とったから」

予想だにしなかった言葉に、花は動揺した。

「あ、あれは、私が休みの日に試行錯誤して作ったものです。私は父の作っただしなんて覚えてませんし、似てるはずありません」

「いや、似とった。子どもん頃に食べて育った味っちゅうのは、自分では覚えとらんつもりでも、身体が覚えとるもんや。……無意識に父親の味を求めとったんとちゃうか」

「違います！」

思わず声を上げて、料理長の言葉を否定する。しかし驚いたように目を見開いた料理長を見て、すぐに我に返った。

自分は何をむきになっているのだろう。

「……すみません」

消え入るような声で謝ると、料理長は小さく息を吐いて立ち上がった。

「料理人にとって、料理は味が全てや。思い出も情も、関係ない。……俺はたとえ智弘の作っただしと似とっても、まずかったら食わんかったで」

　休憩部屋を出る直前、料理長が言った。それが料理長なりのフォローだとはすぐに気づいたが、気づいたからこそ情けなくて、何も言えなかった。


　厨房に戻ると、すでに片付けは終わっていた。

「すみません、みなさんに片付け任せてしまって……」

「気にせんでええよ、神崎。それより料理長の話、なんやったん？」

「――えっと……」

　とっさに言葉に詰まる。花は今まで職場の人たちに、父親のことを話したことがなかった。というより、どうしても話さなければならない状況でない限り、父親のことを誰かに話したことがなかった。……別に、隠しているわけではないのだが。

　黙り込んだ花を見て、落ち込んでいると勘違いしたらしい三上は、励ますように背中を叩いた。

「まああんま気にしすぎんときや。誰にでも失敗はあるんやから」

「そうですね……」

　三上の言葉に、曖昧《あいまい》に笑って返す。

「そや、ちょうど良かった。あんたに渡すもんがあんねん。これで元気出しや」

そう言うなり、三上は背後の棚に置かれていた段ボール箱を取って、花に差し出してきた。持ってみると意外に重い。

「何ですか、これ?」

首を傾《かし》げる花に、三上が微笑《ほほえ》む。

「誕生日おめでとう、神崎。みんなからプレゼントやで」

「え……」

驚いて周囲を見回すと、厨房に残っていた他の先輩たちもにっと笑った。

「先に言うとくけど、来年からはないで」

「今回は成人した記念やから特別な」

先輩たちが口々に言うのを、ぽかんと口を開けて聞く。職場内でプレゼントを贈り合うような風習はなかったので、まさか自分が貰えるとは思っていなかった。

「にしても、お前がはたちとか信じられへんな。電車とかまだ子ども料金でいけるんとちゃう?」

「それはさすがにないです」

小馬鹿にしたように笑う迫田にむっとしつつ答える。

身長が低く、顔も童顔なため、中学生に間違われることはたびたびあるが。

「これ、開けてみてもいいですか?」

三上に向き直って聞くと、「どうぞ」と促される。段ボールの中には電池式のフードプロセッサーが一つと、食材がこれでもかというほど詰まっていた。

「フードプロセッサー、コードレスのが欲しいて前に言うてたやろ。あと、料理の研究頑張っとるみたいやし、神崎は一人暮らしやから、栄養つきそうなもんとか、食材いろいろ入れといた」

「わあ……ありがとうございます! 私、さっそく練習して帰ります!」

意気込んで言うと、三上は顔から笑みを消して首を横に振った。

「いや、それはやめとき」

「どうしてですか?」

「お前、ニュース見てへんのか? 昨日の夜、烏丸三条《からすまさんじょう》の交差点で人が刺される事件があったんやで」

横から口を挟んできた迫田の言葉に、ぎょっとする。

「し、知りませんでした……」

「神崎……料理に熱中するんはええけど、修行僧とちゃうんやから、世間のことにももうちょい関心持ちや」

呆《あき》れたように三上が頭を押さえた。

「まだテレビ買うてへんのやったら、新聞くらいとり。——そや、野菜包んどる新聞、今日の朝刊やから家帰ったら読みや」

「そうですねえ……」

「絶対読まんやろ、こいつ」

明後日《あさって》の方向を見ながら答えた花を、迫田がじっとりと睨む。

そう言われても、活字を読むのは苦手なのだ。興味のある内容——料理関連の本ならまだしも、新聞なんて絶対に読んでいる途中で寝てしまう。

「ほなまた明日」

先輩たちが軽く手を上げて、厨房を出ていく。三上は着替えず待っていてくれたようで、被っていた帽子を脱ぐと更衣室へと歩き出した。

「私らもさっさと着替えて帰ろや」

「はい！」

元気よく返事をすると、花は段ボールを抱えて三上のあとを追った。

店を出て三上と別れたあと、家に向かって歩いていると、ふと目の前を白いものがちらついた。

「雪……」

ぼんやりと空を見上げて呟く。――東京でも降っているだろうか。

考えながら、東京で祖父母と暮らしている母親のことを思い出した。今朝貰ったメールは、まだ目を通してすらいない。そろそろ日付も変わってしまうし、早く読んで返事をしなければと頭では分かっているのだが。

赤信号で立ち止まると、小さくため息をこぼした。

母親とは父親が失踪して以来、あまりうまくいっていない。と言っても、けんかをするとか口をきかないとか、そういうことがあるわけではない。ただ母親といるときは、いつも気まずくて息が詰まった。

そう感じるようになった原因は分かっている。それは自分が父親の失踪に関する母親の話を信じられなくて、母親もそのことを察していると分かっているからだ。母親といるといつも、「どうして信じてくれないのか」と責められているような気持ちになった。

だけど……しょうがないじゃない。人が消えるなんて、そんなことはあり得ない。信じられるわけがない。

消えたというのは母親の嘘で、自分たちは父親に捨てられたのではないか。花はずっとそう疑っていた。

母親を信じられない罪悪感と、嘘をつかれているのだという不信感。相反する思いがずっと胸にあって、次第に母親との接し方が分からなくなっていった。

せめて父親のことに触れずにいられたら、ここまで拗《こじ》れることもなかったかもしれないが、母親はことあるごとに父親の話をしたがった。父親と営んでいた料理屋のこと、家族三人で出かけたときのこと。母親はいつも、父親との思い出を懐かしそうに語る。

しかし花は、そのたびに耳を塞《ふさ》ぎたい気分になった。もういない人のことを、あれこれ話したって何の意味もない。蓋《ふた》をして思い出さないでいた方がいいに決まっている。それなのに、どうして母親はわざわざ蓋を開けたがるのか、花には理解できなかった。

信号が青になり、段ボールを抱え直して歩き出す。横断歩道を渡り終えると、いつも通っている路地へ足を向けて――立ち止まった。

仕事終わりに聞いた、通り魔の事件が頭をよぎる。この道は暗く人通りも少ないので、今日は避けた方がいいかもしれない。

今いる大通りをあと信号一つ分歩いた先にある通りは、もう少し明るいし、それほど遠回りにはならない。今日はそちらの道を使おうと決めて、再び歩き出す。

花が専門学校を卒業して京都に来てからは、まだ一年もたっていない。しかしそれ以前にも、生まれてから十歳まではここで暮らしていたため、京都の地図は大体頭に入っていた。

特にこの近くは、昔住んでいた家と父親の料理屋があったから――。

景色を見渡して、ふと今向かっているのが母親から聞いた、父親の消えた現場だったことに気づいた。時間帯もちょうど同じくらい。あの夜も、こんな風に雪が降っていた。

一瞬また違う道を通って帰ろうかと考えたが、やめた。

できるだけ遠回りせずに帰りたいし……それに道を変えるのは、自分がまだ父親との思い出に囚《とら》われているようで嫌だ。

――無意識に父親の味を求めとったんとちゃうか。

脳裏《のうり》によみがえった料理長の言葉を振り払うように、歩く速度を速める。

そんなわけない。父親のことなど、もうなんとも思っていないのだから。

うつむきがちに歩いていると、やがて父親が消えたという場所に着いた。さっさと通り過ぎてしまおうと足早に歩く。

そのとき、反対側の歩道でしゃがみ込む女性が目に入った。具合でも悪いのだろうか。足を止めて様子をうかがってみると、どうやら泣いているようだ。花は少し迷った末、横断歩道を渡って女性に近寄った。

「あの……どうかされましたか？」

声をかけると、女性は弾《はじ》かれたように顔を上げる。歳は三十か、それより少し若いくらいだろう。怪我《けが》をしている様子はなさそうで、ほっと胸を撫で下ろした。

「昨日人が刺される事件があったみたいですし、物騒《ぶっそう》ですから早くお家に帰った方がいいですよ」

「あ……私……」

女性は花から何かを隠すように身じろいだ。なんとなく気になって女性の背後へ目を向けると、地面に小さな花束が置かれていた。

「それは……?」

尋ねた瞬間、女性が両手で顔を覆《おお》って再び泣き始める。

「だ、大丈夫ですか?」

うろたえながらも背中を撫でると、しばらくして落ち着いたように顔を上げた。

「すみません。見ず知らずの方にこんなご迷惑を……」

「気にしないでください。それより、何かあったんですか……?」

ためらいつつも聞いてみる。

女性は少しの間、迷うように視線をさまよわせていた。しかし、話を聞いてもらいたい気持ちがどこかにあったのか、やがてぽつりぽつりと語り始める。

彼女は十年前の今日、ここで車を運転していたとき、人を轢いてしまったらしい。

　だがその人は、自分と彼の妻らしき人の目の前で忽然と姿を消した。それを見て女性は混乱と恐怖のあまり、そのまま逃げてしまったのだと言う。

「罪悪感はずっと胸にありました。ですが、人が消えるなんてあり得ないと思って……あれは夢だったんだと、自分に言い聞かせて生きてきたんです」

　苦しそうに、絞り出すような声で女性が話す。

「ですが昨年結婚したことで、あのときの奥さんの気持ちを初めて考えて、胸が苦しくなって。せめてと思って花を手向《たむ》けにきたんです」

　そう言うと、女性は話を聞いてもらえて少し心が軽くなったと去っていった。


　一人になった花は、花束の置かれた地面をじっと見下ろした。

　さっきの女性が轢いたのは、自分の父親なのだろうか。心の中で思う反面、まだあり得ないと考える自分もいる。

　人が消えるなんて、信じられない。――でも、それならさっき聞いた話は何だったのだろう。

　目を閉じて、額《ひたい》を押さえる。……とりあえず、家に帰ろう。

　深く息を吐くと、踵《きびす》を返す。そのとき、縁石《えんせき》の傍《そば》にシロツメ草が咲いているのに気づいた。こんな季節に、どうしてシロツメ草の花が。

しゃがみ込んで触れてみると、三つ葉の陰に隠れるように、何かが落ちているのが見えた。ストラップだ。組《く》み紐《ひも》の先っぽに、少し色褪《あ》せた青い石がついている。どこか見覚えがある気がして、花は束《つか》の間《ま》思考を巡《めぐ》らせた。

「――あ」

よみがえった記憶に、思わず声が漏れる。このストラップは、昔父親の誕生日に贈ったものだ。青い石はパワーストーンで、確か癒《いや》しの効果があると謳《うた》っていた。

花は手を伸ばしてストラップを拾った。しかし石に指が触れた瞬間、静電気のようなものが走り、弾かれたように石は車道へ飛んでいった。反射的に腰を上げて、ストラップを摑もうとする。

もう少しで届く――そう思って身を乗り出した次の瞬間、縁石に躓《つまず》き、車道に飛び出してしまった。けたたましいクラクションの音が聞こえる。顔を向けると、ものすごいスピードで車が突っ込んでくるところだった。

――避けられない。とっさに腕で頭を覆って身を縮める。しかし予期していた衝撃はなく、代わりに不思議な浮遊感に包まれた。

ゆっくりと、腕を下ろして顔を上げる。花は真っ暗な闇の中にいた。そこには地面も空もない。まるで光の届かない、深い海の底に沈んでしまったかのようだ。

「ここは――」

呟いたそのとき、雷鳴のような音が耳に響き、激しい頭痛に襲われた。

「い……っ」

思わず目を閉じて頭を抱える。その直後、足を踏み外したような感覚がして、自分がどこかへ落ちていくのを感じた。


「わっ!?」

不意にあたたかくて硬い『何か』にぶつかる。そしてそのまま、その『何か』を下敷きに倒れ込んだ。

「いったあ……」

顔を歪《ゆが》めながら目を開けると、まぶしい光が飛び込んできた。車のヘッドライトかと思ったが、明るさに目が慣れてきたところで違うと気づいた。

車も道路もない。花はなぜか明るい太陽の光が降り注ぐ庭の縁側《えんがわ》にいた。

「……へ？」

混乱してきょろきょろと辺りを見回す。広いもののあまり整えられていない様子の庭に、木造らしき趣《おもむき》のある日本家屋。全くもって見覚えのない場所だ。

一向に状況を摑めないでいると、身体の下からくぐもった声が聞こえてくる。

「誰か知らんけど、はよどいてくれません?」

苦し……と続いた声に視線を落とすと、着物を着た男がうつ伏せに倒れていた。あろうことか、自分は男の背中の上にどっかりと座りこんでいたのだ。

「す、すみません! 怪我はありませんか?」

男の上から飛び退《の》き、彼が身体を起こすのを手伝う。

「大丈夫やけど……」

男は顔を上げると怪訝《けげん》そうな顔で花を見た。なんとなく、花も男を見つめる。

歳は二十代後半くらいだろうか。古風なことに着物を着ている。しかし、落ち着いた彼の雰囲気に着物姿はよく似合っていた。うしろで一つに纏《まと》めた髪も男にしては長いと思うが、特に違和感もなくしっくりと馴染《なじ》んでいる。

「――って、そんなこと考えてる場合じゃなかった!」

突然頭を抱えて立ち上がった花に、男が驚いたように肩を揺らす。男の目は明らかに不審者を見るような目つきに変わっていたが、気にする余裕もない。

何が何だか分からないこの状況下で、ある一つの重大な事実に気づいたのだ。それは今が陽のすっかり昇った時間であること――つまりは自分が出勤時間に遅刻しているということだ。

仁王像《におうぞう》かとつっこみたくなるほど怖い顔で怒る料理長を思い出し、花は青ざめた。

「あの、本当にすみませんでした。このお詫《わ》びはいつか必ずいたしますので」

「え、ちょい待ち――」

男の呼び止める声が聞こえたが、それどころではない花は庭に下りて走り出した。

料理人の下っ端は先輩たちが出勤する前に、下ごしらえなどを全て済ませておかなければならない。遅刻など言語道断《ごんごどうだん》だ。

少しすると、運よく出口らしき長屋門《ながやもん》が見えてくる。しかし、一歩外に足を踏み出した花は、目を見開いて立ち止まった。

「何……これ……」

門を出た先に続いていたのは、見慣れたコンクリートの道ではなく土道で、目の前には青々とした田畑が広がっていた。

こめかみから汗が伝い落ちる。全身が熱く、汗ばんでいた。

――どうして？

今は二月で、まだ寒い季節なはずだ。それなのになぜ、照りつける日差しはこんなにも強く暑いのだろう。まさか車にぶつかりそうになったあの瞬間から、季節が変わるほど時間がたっていて、自分はその間の記憶をなくしてしまったのだろうか。

慌ててポケットからスマートフォンを取り出す。二〇××年二月十四日——日付は変わっていない。ついでに圏外《けんがい》であることにも気が付いた。

一体何が起きているのだろう。蒸した空気のせいか、息苦しくてめまいがする。一度リュックを下ろすと、着ていたコートを脱いでカットソーの袖《そで》を捲《まく》った。少しだけ呼吸が楽になった気がして、大きく深呼吸する。

とにかく、桔梗を目指そう。三上さんか料理長か……この際、迫田さんでもいい。桔梗へ行って知り合いに会うことができれば、何か分かるだろう。

黙々と歩いていると、やがて遠くに町並みらしきものが見えてきた。花は思わずほっと息を吐く。町に着きさえすれば、道は大体分かるし何とかなるだろう。

少し元気になって、早足で歩き始める。

しかし、しばらくしてたどり着いた町は、花の期待をあっさりと打ち砕いた。

舗装《ほそう》されていない道、木造ばかりの建物。行きかう人はみな着物を着ていて、さらには腰に刀を差している人までいる。——まさか本物の刀ではないだろうが。

心の中で思いながらも、花の両手は小さく震えていた。じわじわと、潮が満ちるように不安が募《つの》る。

ここはどこなのだろう。周囲の建物に備わっている犬矢来《いぬやらい》や虫籠窓《むしこまど》は、京町家《きょうまちや》の特徴だ。しかし花の知る京都の町並みとは明らかに様相《ようそう》が異なる。

車や電柱、コンクリートでできた建物といった、現代的なものが何一つないのだ。まるで――過去にタイムスリップでもしたみたいに。

「……まさか」

タイムスリップなんて、物語の中にしか存在しないものだ。そんなこと、ありえない。花は頭を切り替えるように首を振った。

これは……そう、きっと大掛かりなドッキリか何かなのだ。桔梗にたどり着いたら、きっと先輩たちが引っかかったと笑いながら自分を出迎えるのだろう。

矛盾や疑問には全て蓋をして、無理やりそう自分に言い聞かせると、花は見慣れない町の中を歩き出した。

「なんや、あのけったいな格好」

ふと聞こえた声に立ち止まる。辺りを見渡して、そこでようやく周囲から自分が好奇の目で見られていることに気づいた。

花はボーダーのカットソーにジーンズ、スニーカーというごくごく普通の格好をしている。しかし着物を着た人間ばかりのこの町では、明らかに浮いて見えた。

ひそひそとこちらを見ながら話す人々の視線が痛い。

だが好奇の目も喋り声も、人混みの中で発せられた誰かの一声でぴたりと止んだ。

「見ろ、ミブロが来るで！」

何事かと声のした方に目を向ける。少し間を置いて、数人がこちらに向かって歩いて来るような、力強い足音が聞こえてきた。

さあっと波が引くように、周囲にいた人たちが道を開ける。

しかし花は立ち尽くしたまま、その場を動くことができなかった。

大小を腰に差し、袖にだんだら模様の入った浅葱《あさぎ》色の羽織を着た男たち。歴史に詳しくない花も、時代劇や大河ドラマで見てその姿を知っていた。

「新選組……？」

思わずぽつりと呟いて、すぐにその考えを打ち消した。彼らが新選組だとすれば、ここは江戸時代だということになる。まさか、そんなことがあるはずない。

考えていると、新選組の格好をした男たちの先頭に立つ青年と目が合った。

気づけば周囲の人たちはみな道の脇に避《よ》けていて、花だけが彼らの進路を遮《さえぎ》っていたのだ。慌てて他の人にならって、自分も脇に避けようとする。

ところがそれよりも速く、

「待ちなさい」

青年が刀の切っ先をぴたりと花の喉笛《のどぶえ》に当てた。反射的に、息をのんで固まる。いつの間に抜いたのだろう。

「そこから一歩でも動くと、命はありませんよ」

青年の言葉に、そっと視線だけ動かして刀を見る。花は自分の顔から、血の気の引く音が聞こえた気がした。――この刀は、本物だ。

仕事柄、四六時中刃物を扱っているため、鈍く光るその刃が偽物でないことを、花は瞬時に理解した。おそるおそる、青年を見上げる。

青年は中性的な美しい顔立ちをしていたが、対してその表情は冷たい。まるで、人を殺すのに躊躇《ちゆうちよ》などしないと言っているかのようだ。

ぞくりと背筋に悪寒《おかん》が走る。

「やめなよ、総司《そうじ》。女子《おなご》相手にそこまでする必要ないだろ」

花が固まったまま動けないでいると、黒目がちの大きな目が印象的な、背の低い青年がこちらに近づいてきた。

「不審《ふしん》な人に、男も女もありませんよ」

「それは確かにそうだけど……。害意はなさそうだし、それに丸腰の女子に刀を向けるなんて外聞《がいぶん》が悪いよ」

「……分かりました」

総司と呼ばれた青年が、渋々といった風に刀を下ろす。しかし、下ろした刀を鞘《さや》に納めることはなく、警戒した目は花を睨《にら》んだままだ。その様子を仕方なさそうに見た後、背の低い青年は人懐《ひとなつ》こそうな笑みを浮かべて花に向き直った。

「こんにちは。俺は京都守護職御預かり壬生浪士《みぶろうし》副長助勤《じょきん》の藤堂平助《とうどうへいすけ》。で、こっちは同じく副長助勤の沖田《おきた》総司。きみ、珍妙《ちんみょう》な着物を着てるけど、どこから来たの？　名前は？」

「あ……私は、神崎花です」

藤堂の笑みに、いくらか平静さを取り戻した花は、なんとか声を発した。

「桔梗っていう料亭で、料理人をしています……」

小さな声でそう続けて、うつむく。今、藤堂は確かに京都と言ったが、花の住んでいた京都とここは違う。本物の刀を持ち歩く人なんて、現代にはいない。

もしかして、自分は本当にタイムスリップしてしまったのだろうか。

信じられない気持ちはまだある。だがその一方で、タイムスリップしたのだとすると、全て説明がつくとも思った。

「桔梗ね……。聞いたことないですけど、本当にあるんですか？　そんな店」

沖田が冷ややかな声で尋ねる。

「あります」

「へえ？　それじゃあ連れていってくださいよ」

「それは……無理です」

「なぜですか？」

「――私、迷子になったみたいで、どこにお店があるか分からないんです」

嘘は言っていない。広義には今の状況も迷子と言えるだろう。

顔を上げて、まっすぐに沖田を見る。沖田はそんな花を見てため息をついた。

「話になりませんね。とりあえず、屯所《とんしょ》まで同行していただきましょう」

花は思わず後ずさるが、

「ちなみに逃げた場合は敵と認めて斬りますから、覚悟して逃げてくださいね？」

という言葉で思いとどまった。まさか本気で斬るつもりはないだろうと思いつつも、試してみる勇気はない。

「山野《やまの》さん、尾形《おがた》さん、お願いします」

「わっ、ちょっと、離してください！」

花は沖田に命じられた隊士たちによって、捕らえられてしまった。両腕を掴まれ、ずるずると引きずられながら、どこかへと連れていかれる。新選組について決して詳しいわけではないが、先ほどの沖田の様子からして悪い予感しかしない。

「や、やだっ！　誰か助けて！」

めいっぱい声を張り上げて助けを求める。だが周りの人々は、よほど関わりたくないのか、みな一様に聞こえないふりを決めこんでいた。


しばらくして着いたのは、町から数キロほど離れた農村地帯にある大きな屋敷だった。どこか、見覚えがある気がする。

花は嫌な予感がしつつも、隊士たちに追い立てられるようにして門をくぐった。

そこで目にした光景に、思わずうなだれる。

屋敷は最初に花が落ちてきた場所だった。

「何この振り出しに戻った感じ……」

半べそをかいていると、屋敷の中から足音が聞こえ、誰かがやってくる。

「何や騒がしいですけど、どないしまし——あ」

玄関に現れたのは、ここで花が最初に会った男だった。

「あなた！」

「あれ？　山崎《やまざき》さんお知り合いですか？」

「そ、そう、知り合いなんです！　もうすっごく仲良し！　ですよね⁉」

山崎と呼ばれた男が答える前に、矢継《やつ》ぎ早《ばや》に言う。ここで不審な人間でないと証言してもらえれば、逃がしてもらえるかもしれない。花は話を合わせてくれと必死に目で訴えた。

しかし山崎はそんな花を無視して、迷いなくきっぱりと答える。

「いえ、さっき屯所で見かけた不審な者です」

ひどい。これが血の通った人間のすることか。

「へえ、屯所にも忍び込んでたんですね。これはますます怪しいなあ」

容赦《ようしゃ》ない山崎の一言で、花の疑いはより深くなった。不敵《ふてき》な笑みを浮かべる沖田は、最早《もはや》どこか楽しそうだ。

決して、忍び込んでいたわけではない。そう言いたいが、ではどうしてここにいたのかと問われれば、どのみち答えられない。

花は喉元まで出かかった言葉をぐっとのみ込んだ。

「とりあえず、こちらに来てください。あ、証人として山崎さんも来ていただけますか？」

「はい」

真面目な顔で山崎は頷き、花を引っ立てていく沖田のうしろをついてくる。

勝手に裏切られた気でいる花は、歩きながら呪い殺さんばかりの目で山崎を睨んでいた。

花が連れていかれたのは、十畳ほどの客間だった。てっきり牢屋にでもぶち込まれるのだと思っていたので、少し安堵《あんど》する。

山崎と沖田に挟まれ、座って待つこと五分ほど。玄関先で「副長たちを呼んでくる」と言って別れた藤堂が、二人の男を連れてきた。

二人とも歳は三十手前くらいに見える。一人は役者かと思うほど整った顔をしていて、もう一人は色白で優しげな顔立ちをしている。

二人は花の正面に座り、藤堂は沖田の隣にちょこんと座った。

「そんなに緊張しなくとも大丈夫ですよ。藤堂くんから話を聞きましたが、何も悪いことはしていないのです。すぐ家に帰れますよ」

まず初めに口を開いたのは、色白な男の方だった。人の良さそうな彼の笑みに、もしかするとそんなに身構える必要はないのかもしれないと気を緩《ゆる》める。

すると、もう一人の男が眉《まゆ》をひそめて口を開いた。

「しかし、山南《さんなん》さん。こいつ屯所にも忍び込んでたっていうじゃねえか」

「別に忍び込んでいたわけでは――」

「お前は黙ってろ！　俺は今、山南さんと話してんだよ！」

口を挟んだ花を、男は目を吊り上げて一喝《いっかつ》する。その形相《ぎょうそう》のあまりの恐ろしさに、花は震え上がった。

「す、すみませんでした」

「まあまあ土方《ひじかた》くん、そんなに怒らないで。ほら、怖がってるじゃあないか」

「あんたは甘いんだよ。こういう小さい取り調べからきつくやんねえと、示しがつかねえだろ」

どうやら整った顔の男は土方、色白な男の方は山南という名前らしい。仏頂面《ぶっちょうづら》を浮かべる土方に対し、山南は困ったように頭を掻《か》いている。

「騒がしいが、どうかしたのか?」

そのとき、廊下から声が聞こえた。見ると、いかにも体育会系といった見た目のごつい男が部屋に入ってくるところだった。

「取り調べ中だが、わざわざあんたが出てこなくても……」

「まあいいだろう。ここ最近、報告書だ何だと机に向かう仕事ばかりだったんだ。気分転換に手伝わせてくれ」

土方に言って、男は花の前に座った。気さくな雰囲気の男だが、はたして彼が取り調べに加わることが自分にとって吉と出るか、凶と出るか。山南から、花が連れて来られたいきさつを聞いている様子を、うかがうように見つめる。

話を聞き終えると、男は大きな口でにかっと笑った。

「とりあえずは自己紹介といこうか。私は壬生浪士の局長、近藤勇《こんどういさみ》と申す」

「みぶ、ろうし……？」

新選組ではないのか、と花は首を傾げた。

そういえば先ほど、藤堂も壬生浪士と言っていたが、どういうことなのだろう。

この浅葱色にだんだら模様の羽織は、確かに新選組のもののはずだ。それに、新選組の局長も近藤勇とかいう名前だった気がする。

「おや、知らないのか。京ではそこそこ名が知られてきたと思っていたのだが……」

「この女が無知なだけですよ。近藤先生」

棘《とげ》のある言葉に少しむっとして、隣の沖田を見る。沖田はさっきまでの冷酷さや意地の悪さはどこへやら、まるで無邪気な子どものような顔で笑っていた。

「総司、あまり失礼なことを言ってはいかんぞ」

「はあい。すみません」

可愛らしく萎《しお》れてみせる沖田をまじまじと見つめる。

「……なんですか？」

花の視線に気づいて、沖田が顔を向けた。その表情は冷めきっていて、花は思わず頬をひきつらせる。

どうやら沖田は、この近藤という男に対しては猫を被っているようだ。

「総司がすまなかったね。きみ——ああ、そうだ。まずは名を聞いてもよいかな？」

　近藤に尋ねられ、慌てて居住まいを正す。

「神崎花です。料理人をしています」

　花が言った瞬間、土方が嘲《あざけ》るように笑った。

「はっ、料理人だあ？　そんな珍妙な格好した料理人がいるわけねえだろ。見え透《す》いた嘘ついてんじゃねえよ」

　そう言うと、藤堂の隣に置かれていた、花から没収したリュックとコートを見た。

「平助、それはこの女の持ち物か？」

「はい。何か入ってるみたいですが、まだ中は調べていません」

　言いながら、藤堂が土方にリュックを手渡す。

「……何だこりゃ？」

「リュックっていう、荷物を入れるためのものです。チャック……ええと、その茶色の革ひもをつまんで横に引っ張ったら開きます」

「はあ……？　着てるもんもそうだが、お前こんな妙な品どこで手に入れたんだ」

　土方は顔をしかめてリュックの中身を調べ始める。その横で近藤も興味深そうに土方の手元を覗《のぞ》き込んだ。

「この布は何だ？」

「料理をするときに頭に被るものです。髪の毛とか入るといけないので」

帽子を持って尋ねた近藤に、丁寧に答える。しかし土方は苛立《いらだ》ったようにリュックを畳に叩きつけた。

「てめえはまだ料理人だって言い張るのか！　いい加減、正直に吐きやがれ！」

どうやら土方は、花が料理人だと認める気が一切ないようだ。花は土方に訴えるのを諦め、近藤に向き直った。

「本当なんです！　私、桔梗っていう料亭で働いていて……。ただ、事故に遭《あ》って頭を強く打ったみたいで、自分でもよく分からないんですけど、気がついたらここにいたんです」

「なるほど、不思議なこともあるものだなあ。ちなみにその桔梗とやらは京にあるのか？　それなら調べれば分かるだろうが」

「その……それも、分からなくて」

「では、住まいや身内は？」

「分かりません……」

「それは記憶が無いということですか？」

山南に尋ねられ、何と答えればいいのか分からずうつむく。

タイムスリップしたかもしれないなんて、言っても信じてもらえるとは思えない。この状況をどう説明すればいいのだろう。

黙っていると、山南はそれを肯定《こうてい》と受け取ったらしく、花に同情の目を向けた。

「そうでしたか……それは大変でしたね」

「狐にでも化かされたのだろうか？　若い娘さんが、気の毒なことだ」

「おい、まさかこいつの言うことを信じる気か？」

理解できないという顔で土方が近藤と山南を見る。

「屯所に忍び込んでたくらいだ。どうせ素性《すじょう》にやましいところがあるから言いたくねえだけだろう」

「しかし、屯所で何か悪事を働く気だったなら、わざわざこんな目立つ格好はしないんじゃないか？」

苦笑しつつ、山南が首を傾げてみせる。一理あると思ったのか、土方は苦い顔で押し黙った。

「そうだ、歳《とし》！　それならこうしよう！」

突然、近藤が何か思いついた様子で膝を打つ。

「……嫌な予感がするのは俺だけか」

土方がぼそりと呟いたが、近藤は全く意に介《かい》していない様子で破顔《はがん》した。

「神崎くんの料理を実際に食してみて、料理人かどうか確かめようじゃないか！」

「はああ⁉」

「な、何を仰《おつしや》るんですか！」

近藤の提案に、土方と沖田が同時に声を上げた。

「近藤さん、怪しいって捕まえてきた人の飯を食べるって、それはさすがに危険なんじゃあ……」

藤堂も控えめながら反論する。沖田は同意するように大きく頷いた。

「そうですよ、毒でも入れられたらどうするんですか！」

「――毒？」

聞き捨てならない言葉に、花はきっと目を剝《む》いた。

「私は料理人です！　たとえ殺すって言われたって、絶対に料理に毒なんて入れません！」

勢いよく立ち上がると、仁王立ちで言い切る。

沖田は一瞬面食らったような顔をしたあと、「へえ」と呟いた。

「意気地なしかと思いきや、意外と骨がありそうじゃないですか。……ねえ土方さん、この人に何か作らせてみましょうよ」

「お前まで何言い出すんだ。こんな珍妙な女が料理人なわけねえだろ」

「まあそう頑《かたく》なにならないで、一度くらい機会を与えてもいいでしょう？」

「総司の言う通りだ。食事を作ってもらうだけなら、こちらに不利益はない」

沖田と近藤の言葉に、土方は頭が痛そうにこめかみを押さえた。

「二人とも、言い出すと本当、人の言うこと聞かねえんだから……」

「こうなったら二人のしたいようにさせるのが一番早いよ。それに、私もこの娘の作る料理に興味がある」

駄目押しのように山南が言う。土方は眉根《まゆね》を寄せて深いため息をついた。

「ったく、仕方ねえな。――お前、神崎っつったな」

「は、はい」

「今晩の飯はお前が作れ。隊士たち全員の分だ。あと、総司。お前こいつの監視についとけ」

「ええ！　なんで私が⁉」

心底面倒そうに沖田が声を上げる。土方は、「当たり前だろ。お前が拾ってきたんだから、お前が面倒見ろ」と素っ気なく返した。おそらく近藤の肩を持った沖田への嫌がらせ、という面もあったのだろう。

「じゃ、あとは任せたからな」

勝気な笑みを浮かべて言うと、土方は近藤と山南と連れだって部屋を出ていった。

「……あっ、そういえば俺、山南さんに本返さないといけないんだったー」

一瞬の沈黙のあと、藤堂が恐ろしいほどの棒読みで言って、逃げるように部屋を出た。それに続くように、山崎も腰を上げる。――しかし。

「では、私もこれで失礼」

沖田が言って、すっくと立ち上がった。山崎は「え?」と沖田を見る。

「せやけど沖田さん、土方副長に頼まれた監視は――」

「あああ!」

突如《とつじょ》沖田がお腹を押さえて叫び出す。

「どうしましょう、突然差し込みが! ということで山崎さん、あとのことは頼みました!」

一息で言うと、沖田はとても腹痛の人とは思えぬスピードで走り去っていく。部屋には山崎と花の二人だけが残された。どうやら沖田に仕事を押し付けられたらしい山崎は、眉間に皺を寄せて沖田の去った方を見ている。

「あのー……山崎さん?」

おそるおそる声をかける。山崎はため息をつくと、花のリュックとコートを持って立ち上がった。

「しゃあないな。台所まで案内したるさかい、ついてき」

「はい」

ほっとして、歩き出した山崎のあとを追う。沖田のような物騒な人間の隣で料理をするなど願い下げだったので、正直なところ監視が山崎に代わってよかった。

「ここが台所や。食材はあるもんやったら、何使《つこ》うてくれてもええで」

連れてこられた台所を前にして、一瞬心が折れそうになった。

屯所の台所は、土間《どま》の一角に備え付けられている。竈《かまど》と水瓶とゆるやかな傾斜《けいしゃ》の板張りで作られた流し。

花はげんなりした表情でそれらを見た。調理設備の整っている店で働いているぶん、自分の家で料理をするとやり辛いと思うことがあったがその比ではない。

竈など今までの人生で、見たこともなければ使ったこともない。食材も山崎はなんでも使っていいなどと言うが、そもそも選べるほど種類がなかった。

「せめてあの段ボールも一緒にこっちに来てたら……！」

職場の先輩たちからもらった誕生日プレゼントを思い出し、頭を抱える。

「だん……何や？」

「……茶色のこれくらいの箱です。食材がいろいろ入ってるんですけど、その……なくしちゃったみたいで」

手で大きさを示しながら説明する。

「ああ、あれお前のやったんか。廊下に落ちとって誰のか分からんかったさかい、部屋に移しといたんやけど」

「本当ですか⁉」

地獄に仏とはまさにこのことか。

山崎に連れられ段ボールを取ってくると、さっそく中身を確認する。野菜や缶詰、乾物《かんぶつ》などの食材にフードプロセッサー。どれも痛んだり傷ついたりしている様子はなく、ほっと胸を撫で下ろした。

しかしいつも店で出しているようなコース料理は、台所にもともとあったものと、この段ボールの食材を合わせても作れそうにない。

「そういえば、隊士全員の晩ご飯を作れって言ってましたけど、隊士の方って何人いらっしゃるんですか？」

肝心《かんじん》なことを聞き忘れていた。山崎は不思議そうに缶詰を見ながら答える。

「三十一人やな。せやけど料理は二十五人分でええわ」

「どうしてですか？」

「壬生浪士には、近藤局長の他に局長がもう一人おんねん。その局長、芹沢鴨《せりざわかも》先生の一派はこの屋敷の裏手にある八木《やぎ》さんの家におって、そこで賄《まかな》いの面倒もみてもらっとるさかい」

「へえ……そうなんですか」

同じ集団の中にトップが二人もいるというのは、なんだか変な気がした。しかも離れて暮らしていて食事も別だなんて、もしかしてあまり仲がよくないのだろうか。

「あともう一つ質問なんですけど、今って何時ですか？」

「……なんじて何？」

そうか、時間の数え方も現代とは違うのか。

「ええっと……夜ご飯の時間まで、あとどれくらいですか？」

少し考えて聞きなおす。

「晩飯はいっつも六つくらいで、ちょい前に八つの鐘が鳴っとったさかい……大体二刻《ふたとき》くらいとちゃう」

「む、六つ？　八つって……？　二刻ってどのくらいですか？」

山崎が信じられないという目で花を見た。時間の数え方はさすがにこの時代でも常識のようだ。花はいたたまれなくなってうつむいた。

「その、私の住んでたところとは、ちょっと数え方が違うみたいで……」

「はあ……まあええわ。ほんなら説明したるさかい、ちょっとこっち来い」

手招きされて、二人で台所を出る。山崎は庭まで来ると落ちていた枝を拾って、地面に丸い円を描いた。

「まず一日は十二刻に分かれる。明け六つが日の出の四半刻《しはんとき》前で、そっから五つ、四つ、九つ、八つ、七つ、ほんで暮れ六つや。暮れ六つは日の入りの四半刻前。そっから先はまた同じように五つ、四つって続く」

「なるほど……」

十二等分された円を見つめて呟く。

現代では一日を二十四時間で数えるが、この時代はその半分で数えているようだ。ということは、一刻は大体二時間ということになる。

「でも日の出とか日の入りの時間って、季節によって違いますよね？　この数え方だと、夏とか冬は昼と夜とで一刻の長さがかなり変わりませんか？」

「そうやけど、変わったら何か問題あるんか？」

「ありますよ。たとえば明け六つから暮れ六つまで働くとしたら、夏と冬で働く長さが全然違うじゃないですか」

「……お前、変なとこ気にするんやな。そんなん普通やろ」

「ええ……？」

おかしいのは自分の方なのか。訝《いぶか》しげな目を向けられるが、いまいち釈然《しゃくぜん》としない。

「じゃあ何で四つの次は三つじゃなくて九つなんですか？」

「そういうもんやからや」

「……山崎さん、だんだん面倒くさくなってません？」

疑うような視線を向けた花に、山崎は「なってへん、なってへん」と適当な調子で返した。

「あとは他に、十二支で数えたりもするな。夜の九つが子《ね》で、そっから丑《うし》、寅《とら》、卯《う》て続く。……さすがに干支《えと》は分かるやんな？」

常識の面で、相当信用をなくしてしまっているようだ。「分かります」と頷くと、心から安堵した様子で「そらよかった」と返された。

「一応説明しとくけど、四半刻は一刻の半分のさらに半分のことやからな」

一刻が約二時間だから、四半刻は大体三十分くらいということか……。

「他に質問は？」

「ありません」

「ん。ほな終わり」

山崎が言って、持っていた枝を放る。途中少し面倒くさそうにしていたものの、こうして最後まで丁寧に教えてくれるあたり、面倒見のいい人なのかもしれない。

「それよりお前、何作る気なん？」

「それが……何品か思いついてはいるんですけど、主菜になりそうなものがなくて」

困りきってため息をつく。すると山崎はあっさり「ほな買いにいくか」と歩き出した。慌ててそのあとを追いかける。

「いいんですか⁉」

「そら食材がなかったら、いくら料理人やいうても何も作られへんやろし。お前が土方副長らを納得させられるんかは分からんけど、全力尽くせんで認められへんのは嫌やろ」

「山崎さん……！」

花は感動して山崎を見つめた。沖田や土方であったら、絶対にあるものだけで作れと言っただろう。

「ありがとうございます！　私、頑張ります！」

「……言うても、そない高いもんは買うたれへんからな。あんま期待はしすぎんように」

「はあい」

　機嫌よく笑顔で答える。そんな花に「ちょっと待っとき」と言い残して、山崎は庭から廊下に上がった。近くの部屋に入ると、布のようなものを持って戻ってくる。

「そんな格好やと目立ちすぎやし、とりあえずこれ羽織っとき」

　そう言って渡されたのは、紺色の羽織だった。言われた通り、カットソーの上から羽織ってみる。

「暑い……」

　羽織は薄い生地《きじ》のものだったが、長袖のカットソー一枚でも暑いくらいだったので、正直なところ今すぐ脱いでしまいたい。

「着物に着替えるんでもええけど、時間もったいないやろ。我慢しい」

「はい……」

　渋々頷いて歩き出す。しかしふと足を止めると、花は弾かれたように山崎を見た。

「すみません。やっぱり買い物に行く前に、だしの下ごしらえをしたいんですけど、いいですか？」

「ああ、ええで」

山崎が快諾《かいだく》してくれたので、急いで台所に戻る。段ボールの中から干し昆布を取り出し、包丁で切れ込みを入れると、水を張った鍋の中に入れた。

「昆布だしか」

作業を見ていた山崎が言う。それに対して花は首を横に振った。

「昆布だしもですけど、これで他にも白だしとか鰹《かつお》だしとか作る予定です。……それじゃあ行きましょうか」

鍋に蓋をして振り向くと、山崎は意外そうな顔をする。

「下ごしらえて、そんだけなん？」

「はい。先に水に浸《づ》けておいて、それから火にかけるんです。ちょっとしたことですけど大事なんですよ。料理って、手間をかけたらかけた分だけおいしくなるから」

「……こんくらいでそない変わるもんか？」

首を傾げる山崎は、半信半疑の様子だ。花は「まあ楽しみにしててください」と笑っておいた。

「お、山崎じゃねえか！　女連れてどこ行くんだ？」

今度こそ買い物へ行こうと台所を出ると、門の方から大きな声が聞こえてきた。

「永倉《ながくら》さん、原田《はらだ》さん。巡察ご苦労さまです」

こちらに向かってくる二人の男を見て、山崎が軽く頭を下げる。

どうやら彼らも壬生浪士らしい。二人とも歳は、二十代半ばくらいだろうか。

にやにやと緩んだ顔で近づいてくる姿を見て、花はなんとなく嫌な予感がして山崎のうしろに隠れた。

「そんなことより紹介しろよ。どれどれ――っておい！」

花の顔を見た男の一人が、もう一人の男の脇を肘《ひじ》で突く。

「なになに――っておお！」

同じく花の顔を覗き込んだ男が感嘆《かんたん》の声を漏らす。そして二人顔を見合わせると、同時に頷いて、両側から山崎の肩を摑んだ。

「お前、こんな器量《きりよう》よしどこで見つけてきたんだよ！　……格好は珍妙だが」

「島原《しまばら》にもなかなかいないんじゃねえか!?　お前も隅《すみ》に置けない男だなあ！　確かに珍妙な格好だが……」

珍妙、珍妙と失礼な人たちだ。

「いえ、俺は別に――」

山崎はげんなりした顔で否定しようとする。

しかし二人の男は耳も貸さず、今度は花を取り囲んだ。

「俺は永倉新八《しんぱち》で、こいつは原田左之助《さのすけ》。二人とも壬生浪士の副長助勤だ。よろしくな」

副長助勤といえば、確か沖田と藤堂と同じ役職だったはず。あの二人とはまた違って……なんというか、軽そうな男たちだ。

花は原田と永倉から少し距離を取って、頭を下げた。

「はじめまして。神崎花です」

「花ちゃんかあー。顔だけでなく、名前まで可愛らしいんだなあ」

「本当、花のように美しいきみにぴったりの名だな」

「は、はあ……どうも」

苦笑いしつつ、顔をそらす。引いているのが一目で分かる態度だが、二人は気にした様子もなく、ぐいぐいと迫ってくる。

「歳はいくつ？　どこに暮らしてんだ？」

「なまりからして、出は江戸の方か？　だとしたらどうして京に来たんだ？」

「ええっと……」

どうしよう、面倒くさい。できれば無視したいところだが、彼らは幹部のようだし、あまり印象を悪くしない方がいい気もする。

対応に迷っていると、不意に庭の方から足音が聞こえてきた。

「こらこら、娘さんが困っているじゃあないか」

「山南さん！」

　現れた男を見て、永倉と原田が花から離れる。

「二人とも、土方くんがお怒りだったよ。まだ報告が終わってないんじゃないか？」

「げっ、すっかり忘れてたぜ」

　二人は慌てた様子で山南にお礼を言って、

「じゃあな！　花ちゃん、山崎！」

「花ちゃん、山崎に飽きたら俺たちが相手してやるから、いつでも来いよ！」

　と手を振りながら去っていった。残された三人はしばらく黙っていたが、ふと山南が感心した様子で口を開く。

「この短い間で女性を落とすとは、いやはや天晴《あっぱ》れだね」

「山南副長までそないな冗談、勘弁願います……」

　疲れた顔で言った山崎に、山南は声を上げて笑った。

「すまなかった。ところで二人ともどこへ行くんだい？」

「食材を買いに町に出るところでした」

「監視は総司の役目だったはずだが……もしかして逃げたのか？」

山崎は微笑んで否定しなかった。やれやれといった風に、山南が息を吐く。

「神崎くんも、先ほどは土方くんが恐がらせてしまったようで、失礼しました。土方くんは悪い人ではないのですが、少々荒っぽいところがありまして……」

花は内心「少々か？」と首を傾げつつも、両手を顔の前で振った。

「大丈夫です。それに、私が怪しく見えるのは仕方ないと思いますし……」

ここが本当に江戸時代なのだとしたら、自分の格好や言動におかしなところは山ほどあるだろう。

……私、本当にタイムスリップしたのかな。

悪い夢であって欲しいと願うものの、もし本当にそうだとすれば、自分はこれから一体どうなるのか。考えただけで不安で、胸が潰《つぶ》れそうになる。

さっきまで、疑いを晴らすことや料理を作ることに必死で、これから先自分がどうしたらいいのかなんて考えもしていなかった。しかし、もしも疑いが晴れて解放されたら、自分はその先どうするつもりなのだろう。働こうにも、こんな素性の知れない不審な女を雇ってくれる店なんてあるのか。

「顔色が悪いようですが、どうかしましたか？」

山南が心配そうに顔を覗き込んでくる。

「その、これからのことを思って、少し不安になって……」

うつむきがちに答えると、山南は憐れむように花を見た。

「そうか……記憶を無くして、自分の家がどこにあるのかも分からないのでしたね。さぞや不安でしょう。何かあったら遠慮なく言ってください。できる範囲で力になります」

「……ありがとうございます」

謀《はか》らずも騙す形になってしまったことに気まずさを感じつつ、花は頭を下げた。

山南は見るからに人がよさそうで、そんな人を騙すのはさすがに罪悪感があった。

「いえ。それでは、夕餉《ゆうげ》を楽しみにしていますね」

微笑んで言って、山南が去っていく。花と山崎はそれを見送ったのち、京の町へと向かった。

町に着くと、欲しいものは店か棒手振《ぼてふ》りと呼ばれる人から買うよう山崎に言われた。棒手振りとは天秤《てんびん》棒の両端にざるや木桶などを取り付け、その中に入れた品物を売る人を指すらしい。

どうやらこの時代には、スーパーマーケットのようにいろいろな品物が手に入る店はないようで、野菜なら八百屋、魚なら魚屋というように専門店が並んでいる。

花はまず野菜から選ぶことにして、八百屋で新生姜《しんしょうが》やなすなどを買った。それから豆腐屋を見つけて湯葉を買い、最後に魚を選びに向かう。

「山崎さん、魚はこの店で買います」

棒手振りや魚屋をいくつか見て回ってから、一番新鮮な魚を売っていた店で足を止めた。

「ええっと、まず鮎《あゆ》を二十五匹ください。次に――」

「ちょお待て、神崎」

注文の途中でなぜか山崎に止められた。首を傾げて振り向くと、山崎は頭が痛そうに額を押さえている。

「俺を一文無しにする気か？　こんくらいで勘弁してくれ」

「えっ、すみません。私そんなにお金使ってました？」

「お前まさか、自分で買い物したことないんか？」

「まあ、その……」

へへ、と笑って誤魔化《ごまか》す。買い物をしたことはもちろんあるが、この時代ではないのでなんとも言えなかった。

「買い物もせんとここまで生きてきたやなんて、お前もしかしてええとこの娘なんか？　着とるもんも妙やけど、安物やなさそうやし」

山崎は改めて、頭の先からつま先までじっくり花を見ながら聞く。

「いえいえ、私は一般庶民ですよ」

「そうか……？」

言いながら首を傾げる山崎の目は疑いに満ちている。花は店主から魚を受け取ると、逃げるように歩き出した。


買ってきた食材を手に屯所へ戻ると、まずは下ごしらえをしておいただしを作り始める。ちなみに竈の火はどうおこせばいいのか分からなかったため、山崎に代わりにおこしてもらった。

火力の調節は難しく、最初はかなり手間取ったものの、山崎に教わり練習するうちに少しずつコツが摑めてきた。

「ほんで、結局何作るか決めたんか？」

だし作りを終えた頃合いで、山崎が問いかける。

「もちろんです」

花はリュックからメモ帳とボールペンを取り出して、考えたメニューを記した。

先付《さきづけ》　**海老と夏野菜の水晶寄せ**
鰻《うなぎ》**の砧**《きぬた》**巻き**

お椀《わん》　茄子《なす》のお浸《ひた》し
焼き物　湯葉田楽《でんがく》
煮物　そら豆のすり流し
ご飯　鮎の塩焼き
　　　小かぶの宝《たから》蒸《む》し
　　　新生姜の炊き込みご飯

本当は凌《しの》ぎやお造り、八寸《はっすん》なども用意したかったが、どう頑張っても時間と材料が足りない。買ってきた野菜は品種改良された現代のものと違って味にくせがあり、念入りに下ごしらえする必要があったし、何より台所は勝手が全く分からない。正直なところ、この品数を二十五人分作るのも苦労しそうだ。

しかし、やるしかない。料理人だと認めてもらえなければ、どんな目に遭わされるか分かったものではないのだから。

気合いを入れると、まずは水晶寄せと砧巻き、お浸しから取りかかった。

水晶寄せとは食材を入れただし汁にゼラチンを加え、冷やして固める料理だ。見た目が美しく涼やかなため、初夏から晩夏にかけて、よく桔梗でも作っていた。

「段ボールの中にゼラチンと海老があってよかった……」

冷凍海老は氷が解けていたが、保冷剤のおかげで傷んではいない。プレゼントしてくれた先輩たちに心の中で感謝しながら、だし汁の中に水でふやかしておいたゼラチンを入れていく。

「……よし、あとは粗熱《あらねつ》を取って、食材と混ぜて冷蔵庫で冷やせば完璧――」

鍋を火から上げて、その姿勢のままふと固まる。――冷蔵庫？

「ああっ！」

気づいてしまった事実に、とっさに鍋から手を離して頭を抱えそうになった。

この時代錯誤――今いる時代としては正しいのかもしれないが――な台所のどこにも、冷蔵庫らしきものは見当たらない。

「何や、急に？」

「や、山崎さん……ここに、冷蔵庫ってないですか？　あの、食材とかを冷やす機械なんですけど」

「聞いたこともないな」

「ですよね……」

鍋をいったん置くと、腕を組んで考える。何か、冷蔵庫の代わりに食材を冷やせるもの……。

「――そうだ！　それなら氷は!?　氷はありませんか!?」

「はあ？　この暑い中、氷なんかあるわけないやろ」

そうだ。氷はそもそも冷凍庫で作るものなのだから、あるわけがなかった。

「うう、どうしたら……冷たい、寒いところ……北国？　富士山の頂上……？　無理無理、そんなとこ行ってる時間ない……」

台所の中を歩き回りながら、使える手はないかと必死で考えを巡らせる。しかし、いくら考えても何も思いつかない。

「もう駄目だ……」

ついにがくりと膝をつき、うなだれる。すると山崎が、ため息をついて顔を覗き込んできた。

「なんや、冷やしたいもんでもあるん？」

「は、はい。もしかして、何か方法があるんですか？」

顔を上げて、身を乗り出す。

「凍らせるんは無理やけど……井戸の水やったら冷たいし、浸《つ》けとったら少しは冷やせるんとちゃう？」

「井戸……」

そういえば、昭和の田舎が舞台のドラマで、井戸の中でスイカを冷やしているのを見たことがあった。

ゼラチンは二十度以下で固まる。――もしかすると、いけるかもしれない。

「あの、案内してもらえますか？」

山崎に井戸まで案内してもらうと、さっそく水温を確かめてみる。

冷蔵庫で冷やした水ほどではないものの、常温よりは冷たく感じた。この温度まで冷やすことができれば、間違いなくゼラチンは固まる。

花は急いで台所に戻り、タッパーの中にだし汁と食材を入れた。それからそのタッパーを水を張った桶に入れて、さらにその桶を井戸に浮かせる。こまめに水を張り替えれば、恐らく井戸水と同じ温度まで下げることができるだろう。

井戸は使い方が分からなかったので、山崎に聞いたのだが「飯は作れるくせに何で水が汲めんのや？」とまたしても訝しげな顔をされてしまった。いい加減、この反応にも慣れてきた。


「さて……次は鰻の砧巻きか」

台所に戻ると、すぐに次の品に取りかかる。食材は段ボールに入っていた缶詰の鰻の蒲焼きと大根を使うことにした。砧巻きとは桂剝《かつらむ》きにした野菜で食材を巻いた筒状の料理であり、鰻の蒲焼《かばや》きと大根の他には調味料くらいしか使わずにすむ。少ない食材で品数を増やせるため、今の自分には助かる一品だ。

「あの……どうかしましたか？」

大根を桂剝きしていると、上がり框《かまち》に腰掛けていた山崎が、隣に立ってじっと花の手元を見つめてきた。

桂剝きにされた大根は向こう側が透けて見えるほど薄く、さらに折れても切れることはない。絶妙な薄さを保ったまま、花は一定の速度で剝き続ける。

「いや、器用なもんやなて思うて」

……そんなに見つめられるとやりにくいのだが。

少し居心地悪く思いつつ、花は大根を剝いた。お浸しは、なすにだしがしっかり染み込むよう隠し包丁を入れ、水晶寄せと砧巻きと一緒に井戸で冷やすことにする。

先付の三品を井戸で冷やしている間は、それぞれの料理の下ごしらえをしつつ炊き込みご飯を炊き、小かぶの宝蒸しを作り始めた。宝蒸しは小ぶりのかぼちゃなどの中をくり抜き、器《うつわ》にして、その中に食材を詰めて蒸した料理を指す。段ボールに小かぶが大量に入っていたため、今回はそれを器として使うことにした。

しかし数えてみると、二十個と数が足りない。そのため残り五人分は、砧巻きに使った大根の余りで代用した。

「……何やそれ?」

花がフードプロセッサーを取り出すと、山崎は今日一番、不審そうな顔をした。

「食材を切り刻む機械ですよ」

段ボールの中にあった数種類の鶏肉を、全てフードプロセッサーに入れて答える。

そのあと鶏肉をミンチにしてみせると、「けったいなもんばっか持っとるな」と感心しているのだか貶《けな》しているのだか分からない感想をもらった。

できた鶏ミンチをつくねにして野菜と一緒に小かぶと大根の器の中に入れると、この時代の蒸し器だという蒸籠《せいろう》で蒸す。

それから、湯葉田楽、そら豆のすり流し、鮎の塩焼きを作っていき……。

「――できた！」

夕食の時間だという『六つ』の鐘が鳴る直前に、全ての料理を作り終えた。

「大したもんやな。こないうまそうな料理、初めて見たわ」

山崎ができあがった料理を見て目を丸くする。

料理は花にとっても満足のいくできだった。

「ちゃんと完成させられたのは、山崎さんのおかげです」

「俺は何もしてへんよ」

「そんなことないです！」

台所の使い方を教えてくれただけでなく、見ているだけでは暇だからと、野菜を切ったり料理を盛り付けたり、山崎はたくさん手伝ってくれた。それに料理を作ることに集中していたとはいえ、こんな状況で一人きりにされていたら、きっと心が折れてしまっていただろう。

山崎は押し付けられて仕方なく見張っていただけということは分かっているが、それでも助けられたことには変わりない。

「本当にいろいろありがとうございました」

深々と頭を下げてお礼を言う。屯所に忍び込んだと疑われたのは山崎のせいだと恨んでいた気持ちは、すっかりなくなっていた。

顔を上げると、山崎は小さく笑って膳を持つ。

「礼はええから、料理冷めてまう前にさっさ運んでまお」

「はいっ！」

花は山崎の言葉に元気よく頷き、膳を持って一緒に台所を出た。

▷▷▷▷▷▷▷▷▷

「うおおおお！　何だこれ⁉　うめえ！」

「こんなもん生まれて初めて食ったぜ！　誰だ今日のまかない当番⁉」

作ったのが花だと知られれば公正な判断ができないだろうと、何も言わずいつも通り並べられた食事に、隊士たちは大騒ぎだった。

それもそのはず、壬生浪士では隊士たちが交代で炊事を担当していたのだが、料理などしたことがない者がほとんどで、まずすぎて米以外何も食えないという日もざらにあった。それが突然、素人《しろうと》が作ったとは到底《とうてい》考えられないような料理が振舞われたのだ。隊士たちが驚喜するのも何ら不思議ではなかった。

「いやあ、まさかこれほどの腕前とは。恐れ入りましたね」

膳の料理を全て食べ終えて、沖田は思わずそう口にした。

「……おい、総司。お前までそんなこと言うのか」

隣に座っていた土方歳三《としぞう》が、顔を引きつらせて沖田の方を見る。

「嫌だなあ、そんな顔して。妬《や》いてるんですか？」

「だ、れ、が、妬いてるって？」

土方がさらに顔を引きつらせる。それを見て、沖田は声を上げて笑った。

「あの娘がなぜ屯所にいたのか、あの珍妙な格好が何なのか、気になることは多いが、山崎くんから聞いた報告含め、私は少なくとも不審な者ではないと思ったよ」

土方を挟んだ向こう側で、山南敬助《けいすけ》が箸《はし》を置いて言った。その言葉に、沖田は先ほど山崎烝《すすむ》から聞いた花の話を思い出す。

「料理は作れるのに、買い物をしたことがなければ、井戸も竈も使ったことがない、ねえ……」

「そうしたことは代わりにやってくれる使用人がいたのでは？　着物もあんな布地は見たことがないが、きっと特別に仕立てたものだろう。彼女はどこか裕福な商家か武家の娘なのではないかな」

と山南が言う。

「うーん……どうなんでしょう？」

自分は考えることは専門外だ。曖昧に答えつつ、沖田は意見を求めるように近藤を見た。

「そうだな、俺もあの娘は不審な者ではないと思うぞ！　こんなうまい飯が作れるんだ。料理人だという言葉は本当だったのだろうし、ということは嘘をついていない、正直者だということだ！」

「近藤先生がそう仰るなら、きっとそうですね」

「総司。てめえはもう少し自分の頭で考えろ」

苛立った様子で土方が口を挟む。

「自分のいた場所がどこにあるのかだけ分からない、なんて都合のいい記憶のなくし方、あるわけねえだろ」

どうやら土方だけは、変わらず花を不審な者だと考えているようだ。まずいと思っているはずはないが、悔しかったのか膳のご飯も少し残している。

「じゃあどうします？　拷問《ごうもん》でもして吐かせますか？」

首を傾げて沖田が聞くと、土方は言葉に詰まった様子で黙り込んだ。

現状、山南の予想が全くの外れだと言える証拠はない。そのため下手な真似はできないと考えているのだろう。

「……ひとまずは、保留が妥当か」

しばらく沈黙したあと、土方はため息をついて言った。

「あの女が何を企《たくら》んでるかは知らねえが、それならこちらも最大限あいつを利用してやるまでだ。そんで何か少しでも不穏な気配を感じたら——そんときは、分かってるだろうな？」

声をひそめて、土方が問う。沖田は愛嬌《あいきょう》たっぷりの笑顔で頷いた。

「はい、もちろん。『処理』は私の担当ですからね」

▷▷▷▷▷▷▷▷▷▷

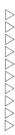

「――へ？　今、何て言いました？」

隊士たちが食事をしている間、別室で待機していた花は、土方が持ちかけてきた意外な提案にぽかんと口を開けた。

「だから……料理を食した結果、お前が料理人だと認めることになった。その上で俺たちは、お前に記憶が戻るまでここで料理人として働かないかと提案してるんだ」

仏頂面《ぶっちょうづら》で花に言って、土方は「もちろん」と付け足す。

「ここにいる間の身の安全、及び身辺の世話は、壬生浪士が請け負《うお》う」

「ど、どうして突然そんなこと……」

花はうろたえていた。確かに今後の身の振り方は決まっておらず、困っていたところではあったが、先ほどまで不審者かどうかの審査を行っていた相手を、どうしてこの人は突然雇うなどと言い始めているのだろうか。

「まあそんなに警戒しないでくれ。正直今まで屯所の飯はまずすぎてなあ。神崎くんがいてくれるなら、とても助かるのだが」

近藤が頭を掻きつつ笑う。花は人のよさそうなその笑顔に、少し警戒を緩《ゆる》めた。

……冷静に考えると、これは自分にとってメリットしかないのではないだろうか。

　素性の知れないこんな不審な女に、衣食住を保障してくれるところなどそうないだろう。それにこの屋敷は、現代からタイムスリップしてきたときに落ちてきた場所だ。ここにいれば現代に帰ることもできるかもしれない。

　極め付けに、仕事は大好きな料理だという。

　花に断る理由はなかった。たとえ土方たちが何か企んでいたとしても。

「分かりました。それでは、これからどうぞよろしくお願いします」

「おお、良かった！　こちらこそ、これからよろしく頼んだよ」

　嬉しそうに顔をほころばせて言うと、近藤はあとのことは土方たちに任せて部屋を出ていった。

「では、これから屯所の案内及び注意事項について話すが」

　そこで一度言葉を切って、土方は眉をひそめた。

「その前にお前の格好を何とかしねえとな」

「……駄目ですか？　これ」

「駄目だな。それでは目立ち過ぎる。八木さんに頼んで着物を借りてくるから、今後はそれを着るように」

八木さん？　首を傾げていると、沖田が顔を寄せて耳打ちしてくる。

「ここ前川《まえかわ》さん家《ち》の裏にあるのが八木さん家で、そこの主人が今、土方さんが言った八木源之丞《げんのじょう》さんですよ」

「どうして前川さんに頼まないんですか？」

わざわざ別の屋敷に頼みに行くのが不思議で、つい尋ねる。

「前川家のみなさんは、私たちと同居し始めてしばらくしたら、どうしてかみんな出ていってしまったんですよ。仲良くしていただこうと思ってたんですけど」

「……それは残念ですね」

相槌《あいづち》を打ちつつ、花は心の中で前川家の方々に手を合わせた。きっといろいろと迷惑をかけられたり、酷《ひど》い目に遭ったりしたのだろう。可哀想に……。

「それじゃあ、俺は借りに行ってくる」

「あ、待ってください」

腰を上げかけた土方を慌てて止める。

「私、着物は自分で着付けたことがないので着れません」

「は……？」

土方は中腰の姿勢のまま、驚いた様子で固まった。

そんな、厨房で油ひっくり返したときの迫田さんみたいな顔しなくても……。現代では着物を着る機会など、そうないのだから仕方がないだろう。

「なので、男物の袴《はかま》とか貸して頂けますか？　それなら見たところ自分で着付けられそうですし」

土方の袴を観察しつつ、頼んでみる。着付けはもちろんだが、袴の方が着崩れを気にしなくてよさそうなところもポイントが高い。今年の成人式に振袖を着たが、動きづらくて一時間とたたずに脱ぎたくなったことは記憶に新しい。

「神崎さんでしたら、平助の着物がちょうどよさそうですね」

「ああ、そういえば背の高さが同じくらいでしたっけ」

「着なくなったものがあるか聞きに行ってみますか？　付き合いますよ」

「えっ、本当ですか？」

「いやいや、お前ら勝手に話進めてんじゃねぇよ。着物着れないってどういうことだ」

自分を置いて盛り上がる二人に、土方は頭を押さえる。しかし沖田は、「まあ細かいことはいいじゃありませんか」とあっけらかんとした調子で答えた。

「それではさっそく着物を借りに行ってきますね。ついでに屯所の案内も私がしておきますから。――では、失敬！」

言うなり沖田は花を促《うなが》して立ち上がる。

「おい、待ちやがれ総司！」

土方は引き留めるが、当の本人は全くの無視で花の背中を押して部屋を出た。

「よかったんですか、あの人――土方さんでしたっけ、怒ってましたけど」

「いいんですよ。土方さんは怒るのが趣味なんです」

そんなわけはないだろう。

あとから怒られたりしないか心配だが、沖田は慣れているのかさして気にした様子もなく、廊下を歩きながら屯所の案内を始めた。

「壬生浪士が宿所として使っているのは、今私たちがいる前川家と裏手にある八木家の二つです。八木家には芹沢先生率いる水戸藩《みとはん》出身の一派がいらっしゃいます」

「芹沢さんって、確かもう一人の局長さんでしたっけ」

料理を作る前、山崎から聞いたことを思い出しつつ尋ねる。

「はい、そうです。とても腕の立つ方なんですよ」

沖田はにこにこと笑顔で答える。その横顔を花はじっと見つめた。

この男は本当に、自分を殺しかけた人と同一人物なのだろうか。

「どうかしましたか？　何か質問でも？」

「あ、いえ」

そうではなくてと首を振って、花は改めて沖田を見た。

「……沖田さん、初めて会ったときと性格違いません？」

沖田は一瞬きょとんとした顔になったが、次の瞬間おかしそうに吹き出した。

「あははっ！　あのときはあなたのことを不審な者として見ていましたからね。しかしまあ、それがどうして面白そうな人じゃありませんか」

「はあ……」

思わず気の抜けた声がもれる。こちらは死にそうな思いをしたというのに、沖田には少しも悪びれたところがない。

「……ああ、でも」

ふと沖田が足を止める。花に顔を寄せると、人差し指でぐっと喉元を押してきた。

「決してあなたを信用したわけではありませんから。もしも、あなたが私たちに害なす者であれば――斬りますからね」

口は笑っているが、目は氷のように冷たい。花は思わず生唾をのんだ。

そこへ廊下の角を曲がって誰かが現れる。

「神崎、こないところで何しとるん？」

聞こえた声にぱっと顔を向ける。

「山崎さん！」

途端に顔を輝かせた花に、山崎は唇の端を少し上げて微笑んだ。

「何やもう近藤局長らとの話は済んだん？」

「はい！　それで私、今日からここに暮らして料理人をすることになったんです。これからよろしくお願いしますね」

「へえ、『不審なやつ』から大出世やな」

「もう、やめてくださいよ。そんな言い方」

花が口を尖《とが》らせると、山崎はくすりと笑った。それから思い出したように握っていた右手を差し出す。

「そういえば、お前の荷物が落ちとったところの近くで、さっき隊士が見つけたらしいねんけど、もしかしてこれもお前の？」

開いた山崎の手にあったのは、青い石の付いたストラップだった。花が昔、父親の誕生日に贈り、タイムスリップする直前に道で見つけたものだ。

「そ、それ……！　触って大丈夫なんですか？　こう、静電気みたいにばちっとかびりってしないです？」

「せいでんき……？　相変わらずよう分からん言葉使うな。触っとったらなんや変な感じはするけど、そない強い感じではないで」

「そうですか……？」

半信半疑でストラップに手を伸ばし、指先で突いてみる。しかし何も起こらない。

花は青い石を摘まみ、山崎の手からストラップを受け取った。石は帯電《たいでん》しているような感触で違和感はあったが、山崎の言った通りそれは強いものではなかった。

「……えっと、これ、私のものです。ありがとうございました」

ストラップを握り締め、軽く頭を下げる。山崎は「いや」と答えて、ふと花の背後へ目を向けた。

「沖田さん」

振り返ると、沖田はこっそり立ち去るつもりだったのか、足音を立てぬよう爪先《つまさき》立ちで足を踏み出していた。

「夕餉の際はお元気そうでしたけど、腹の調子はようなったんですか？」

笑みを浮かべ、山崎が問いかける。振り返った沖田は、まるで何事もなかったかのように明るい笑顔で答えた。

「はい。ほんの半刻ほど前までは三途《さんず》の川が見えるような痛みだったのですがね。山崎さんには迷惑を掛けてしまったようで、誠にかたじけない」

「いえいえ、滅相《めっそう》もないです。自分の仕事を他人に押し付け――失礼、任せてまうくらいやから、よっぽど具合が悪いんやと思うてましたけど、沖田さんに大事なかったみたいで安心しました」

「いやあ、山崎さんは本当にできた人ですね。嫌味もお上手――ではなく、頭もよく回る方で。新入隊士たちの中でも飛び抜けて優秀だとよく耳にしていましたが、全くもって噂通りの方ですねえ」

穏やかに微笑みあう二人は、一見良好な関係の上司と部下に見える。しかし、よく見ると二人とも目が笑っていない。

「それでは、私は神崎さんに屯所の案内をしていた途中ですので、失礼しますね。さ、行きますよ」

沖田は花と山崎の間をすり抜け、先に行ってしまう。

「あっ、待ってください！　山崎さん、また今度」

軽く頭を下げて、沖田のあとを追う。

「……あの、山崎さんってそんなに優秀なんですか？」

少し気になって、山崎の姿が見えなくなってから尋ねてみた。沖田はううん、と顎に手を当てて口を開く。

「そうですねえ。山崎さんは頭の回転が速いし、要領もいいですから。加えて出は大坂でこちらの地理にも明るいので、近藤先生や土方さんは頼りにしているみたいですね」

「へえ……」

言われてみると、料理を手伝ってもらったときの山崎の手際はとてもよく、あの短時間でも器用な人なのだと分かった。

「半月前に土方さんが出先で知り合って、勧められて入隊したらしいんですけど、あの人に認められるなんて、そうないことですからね。大した人だと思いますよ」

沖田の表情から読み取れるのは、純粋な尊敬の念だけだった。彼も山崎のことは認めているということなのだろう。

藤堂のところへ袴を貰いに行ったあとも、花は沖田に屯所の案内をしてもらった。前川家は部屋数が多い。花は迷うことがないよう、屋敷の間取りを想像しながら歩いた。

「――最後はこの部屋ですね」

沖田が言って、屋敷の最奥にある部屋の戸を開ける。広さは二畳半ほどで、物置のように見える。

「あっ、私の荷物！」

部屋の片隅に置かれたリュックとコートを見て、花は声を上げた。

「ここは何の部屋なんですか？」

「あなたの部屋ですよ」

「へえ、ここが私の——って、ええええ!?」

「嫌ですねえ、大声出して。そんなに一人部屋が嬉しいんですか？」

「違います！」

沖田の言葉を全力で否定する。

「いくらなんでも狭すぎません？　これじゃあ寝られませんよ」

「そんなこと言ったって、空いてる部屋が他にないんだから仕方ないでしょう。それとも、他の隊士たちと一緒に広間で雑魚寝《ざこね》の方がよかったですか？」

尋ねられ、ぐっと言葉をのむ。さすがに知らない男たちとの雑魚寝は遠慮したい。

「大丈夫ですよ。ほら、住めば都って言うじゃないですか。布団も数日中には手配するそうですし、何とかなりますって」

他人事《ひとごと》だと思って能天気に笑う沖田を睨むが、返す言葉は見つからない。

仕方がない。屋根のあるところで寝られるだけ幸せだと思おう、と自分に言い聞かせる。しかしそんな花に、沖田はさらに追い打ちをかけた。

「ちなみにここで女子は神崎さんだけですからね。そういうわけで何かあっては大変ですし、寝るときなんかはこれで戸につっかえ棒をするように」

「ちょっと待ってください。何かって何ですか？」

若干《じゃっかん》青ざめながら問いかけると、沖田は笑って花の腕を叩いた。

「嫌ですねえ。遠回しに言ってるんですから、わざわざ言わせないでくださいよ。この隊はまだ結成して間もない集団ですし、素行《そこう》の良い連中ばかりとは限りませんからね。――あ、それと、神崎さんは無断で屯所を出るのは禁止ですから。もしも脱走なんてしたら、頭と胴体がお別れする事態になるかもしれないので、そのときは覚悟してどうぞ」

「な……っ！」

料理人として雇うなどと言っておいて、これではていのいい監禁ではないか。ますます青ざめる花とは対照的に、沖田は愉快そうに笑い声を上げる。

早くも後悔に襲われるが、こうなってはもうあとの祭りだ。花はため息をついて、沖田からつっかえ棒を受け取った。

「では神崎さんは今日はこのまま休んでください。朝餉《あさげ》は明け六つまでに用意してくださいね」

明け六つ――午前六時くらいのことだったか。山崎から教えてもらった、時間の数え方を思い出しつつ頷く。

「では、私はこれで失礼します」

沖田はひらりと手を振って、踵を返した。

「……案内ありがとうございました」

沖田の背に向かって一応礼を言ってから、充《あ》てがわれた部屋に入ってみる。実際に入って戸を閉めてみると、中は想像以上に狭く感じた。

しかしここに来てからずっと息つく暇もなかったのが、ようやく落ち着くことができた。戸につっかえ棒をして、ずるずると床に横になる。

タイムスリップと、このストラップって何か関係あるのかな……。

藤堂から貰った袴を脇に置くと、ストラップを顔の前で揺らしてみる。月明かりに照らされた青い石は、現代で見たときより色が薄くなっているように見えた。石を摘まみ、くるりと回してみる。何も起こらないものの、指先が痺《しび》れるような感覚がした。

買ったときには何の変哲《へんてつ》もないストラップだったはずなのに。

ストラップを置くと、目を閉じて記憶をたどる。九歳のとき、お小遣いを貯《た》めて父親の誕生日プレゼントにと買った。あげたとき、無口であまり感情を表に出さない父親が、ほんの少し笑ってくれたのを覚えている。

もしかして、父親も十年前のあの夜、自分と同じようにタイムスリップしたのだろうか。

おぼろげな父親の顔を、頭に思い浮かべる。

もしもお父さんがタイムスリップしていたのだとしたら、私は——。

花は寝返りを打って、ぎゅっと身体を丸めた。

これからのこと、この時代のこと……父親のこと。考えていると、そのうち抗《あらが》いがたい眠気に襲われ、ゆっくりと意識を手放した。

二品目　困惑の豆腐ハンバーグ

――夢を見た。子どもの頃、父親と母親と三人で遊園地へ行った夢。父親は土日休みのない仕事だったため、こうして一緒に遊びに出掛けた記憶はあまりない。

いくつかアトラクションを回った末、花は両親とお化け屋敷に入った。

お化け屋敷の中は薄暗く、あちこちから不気味な音や悲鳴が聞こえてきて、足がすくむほど怖い。

「もうやだ、歩けない！」

泣いて駄々《だだ》を捏《こ》ねると、父親はお化け屋敷を出るまで花を背負って歩いてくれた。父親の歩みはゆっくりで、しかし確かに前に進んでいく。

その間、花はずっと時が過ぎるのを待っていた。目を閉じて、耳を塞《ふさ》いで――恐ろしいものが消えてなくなるのを、ただじっと、待っていた。

▷

目が覚めたのは、まだ夜も明けていない暗い時分だった。寝起きのぼんやりとした頭のまま、ゆっくりと身体を起こす。小さな格子窓《こうしまど》が一つだけある、狭い部屋。一瞬ここはどこかと考えて――思い出した。

そうだ。自分は恐らく江戸時代だと思われる時代にタイムスリップしたのだった。

今頃、現代ではどうなっているだろう。働き始めてから今まで、遅刻もしたことがなかったので、連絡もなしに欠勤したことを、きっとみんな不審《ふしん》に思っているだろう。

母親も、メールの返信がないのを心配しているだろうか。

部屋の隅に置かれたコートを引き寄せると、ポケットからスマートフォンを取り出した。液晶には昨日と変わらず圏外《けんがい》の表示がある。花はため息をつくと、充電を無駄にしないよう電源を落とした。

それから傍《かたわ》らに置かれたストラップを手に取り、両手で握り締める。

「――お願いします！　私を元いたところに帰してください！」

目を閉じて頭を下げてみる。しかしどれだけ待っても何かが起きる気配はない。

……やっぱり駄目か。花はがっかりして肩を落とした。

とはいえ、このストラップはタイムスリップと関係があるのだと思う。何が引き金になるのか分からないが、持ち歩いていればいずれ現代に帰れるかもしれない。

花は昨夜藤堂に貰った袴《はかま》の紐《ひも》にストラップを括《くく》り付けると、着替えをしようと着ていた服を脱いだ。そこでふと、昨日風呂に入っていないことを思い出す。寝汗も少しかいていて、正直このまま着替えるのは気持ちが悪い。

しかし今からすぐに朝食を作りにいかなければ、沖田に指定された時間に間に合わないかもしれない。ひとまずは我慢だ。

今が何時なのか正確には分からないが、大体いつも朝の五時頃に目が覚める。習慣通り目が覚めたのであれば、朝食の時間まであと一時間ほどしかない。

身支度を終えるとすぐに部屋を出た。隊士たちはみんなまだ寝ているのか、屋敷の中はしんと静まり返っている。現代では一人で家にいても、車の走る音や、冷蔵庫の運転音などが聞こえていたから、こんなに静かなのは久しぶりだ。

物音一つ聞こえない静けさに、まるで世界に一人きりになったような気がしてくる。――それもあながち間違いではないのかもしれないが。

花は唇を引き締め、台所へと歩き出した。

だし作りと炊飯を始めると、甕《かめ》に溜めていた水がなくなってしまったため、汲《く》みに行こうと井戸へ向かった。しかし井戸の中に桶を落としてみたものの、上手《うま》く水が入らない。昨日はちゃんと汲めたはずなのだが。

首を傾《かし》げながら井戸を覗《のぞ》き込む。そこへ突然、背後から肩を叩かれた。

「そこのお主、何をやっている」

「きゃああ⁉」

驚いて足を滑らせ、乗り出していた身体が真っ逆さまに井戸へ落ちそうになる。

「お、おい！」

——し、死ぬ⁉

そう思った瞬間着物の襟《えり》を引っ張られ、強引に引き戻された。一瞬喉が締まり、思わず咳き込んでしまう。

「……そんなに身を乗り出している自分が悪いのだぞ。女子《おなご》のような叫び声を上げて、恥ずかしいとは思わんのか」

背後からぶっきらぼうに声をかけられ、花は眉《まゆ》をひそめて振り返った。

視線の先にいたのは、月代《さかやき》を剃った丁髷《ちょんまげ》に、きつそうな顔立ちをした男だった。歳は二十代半ばといったところだろうか。

「なっ！　お主は——女子か？」

男は疑うように花の顔を見つめる。

「……どうしてまだちょっと疑い半分なんです」

「男のような頭をして、袴なんぞ履《は》いているからだ。……ところでお主は、一体ここで何をしている」

「今日からここで料理人をすることになったので、井戸の水を汲みに」

男は一瞬目を丸くしたあと、腹を抱えて笑いだした。

「ははははっ、料理人！　前川家の食事はよほど酷《ひど》かったのだな！」

この男は壬生浪士の人間なのだろうか。じっと見ているうちに、ふと彼の息が酒臭いのに気づいた。思わず眉間《みけん》に皺《しわ》を寄せる。

「――何だ、楽しそうだな佐伯《さえき》」

そのとき、低い声が響いた。――どこか、懐かしい声のような気がした。ゆっくりと顔を向けると、木戸の傍《そば》に一人の男が立っている。背の高い、腰に刀を差した袴姿の男。

彼の顔を見た瞬間、頭が真っ白になった。

「……お父さん？」

呆然《ぼうぜん》と言って、花は男の傍に歩み寄った。間近で見た男は、髪型が丁髷であることを除けば、父親と瓜二《うりふた》つの顔をしている。

「お父さん……！　やっぱりお父さんもタイムスリップしてたの⁉」

男の腕を縋《すが》りつくように掴《つか》む。

ああ、よかった。私はここに一人きりじゃなかったんだ……。

男はじっと花を見下ろし、口を開いた。

「誰だ、お前は」

「……え？」

言われた言葉の意味を理解するのに、少し時間がいった。

「な、何言って……」

男の腕を掴んだ手に、強く力を込める。

「私だよ、お父さん！　覚えてないの？」

「お主しつこいぞ！　いい加減、芹沢《せりざわ》先生から離れろ！」

佐伯と呼ばれた男が怒鳴り、花に向かって拳を振り上げた。とっさに目を閉じて、頭を腕で庇《かば》う。しかし、しばらく待ってみても何の衝撃もなかった。

おそるおそる、腕を下ろして目を開ける。花の隣には山崎が立っていて、振り上げた佐伯の腕を掴んでいた。

「……何の真似だ」

「足元ふらつかはったみたいやったんで、僭越《せんえつ》ながらお支えしました」

にこやかに笑って、山崎が答える。

「かなり飲まはったみたいですね。よかったら水をお汲みしますけど」

「……余計な世話だ。それよりさっさと手を離さんか」

「これは失礼しました」

山崎が手を離すと、佐伯は顔をしかめて着物の乱れを直した。

「まったく、近藤はろくな者を組に入れぬな」

「やめろ、佐伯」

芹沢と呼ばれた男が言って、花に向き直る。目が合って、思わず視線をそらした。

「お前、名を何と言う」

「か、神崎花です……」

答える花を芹沢は無表情でじっと見つめる。

「俺はそれほどまでに、お前の父親に似ていたのか？」

「……はい。とても、よく」

頷《うなず》いて、花は両手を握り締めた。

「でも、人違いだったみたいです。……すみませんでした」

「……そうか」

呟《つぶや》くように言うと、芹沢は花に背を向けて去っていった。そのあとを佐伯が慌てて追いかける。

そういえば、芹沢とは千生浪士のもう一人の局長の名前だった。

遠くなっていく背中を見つめたまま、ぼんやりと思う。それならやはり、あの人は父親ではなかったのだろう。……もしも父親だったとしても、関係ないが。

だってあの人、私を見て「誰だ」って――。

「神崎」

不意に名前を呼ばれ、はっと我に返る。顔を上げると、山崎が訝《いぶか》しげにこちらを見ていた。

「なあお前、さっき芹沢局長のこと――」

「あ、あはは！　山崎さん聞いてたんですね。恥ずかしいところ見られちゃったな」

「さっきのは、その――あれですよ。学校でうっかり間違えて、先生のことお母さんって呼んじゃうみたいな」

笑いながら、胸元を強く押さえる。

……そう。あれはただの勘違いだ。

「いやあ、まさかこの歳になってもやっちゃうなんて。お騒がせしてすみません。あと、さっき殴られそうになってたところ、助けてくれてありがとうございました」

捲《まく》し立てるように言って、深く頭を下げる。

あれはただの勘違いで——くだらない笑い話だ。自分は父親のことなど、もう少しも気にしていないのだから。

「……ええよ。それより、水汲みにきたん？」

小さく息を吐いて、山崎が聞いた。

「あ……はい。でも桶の中に水が入らなくて」

「昨日教えた通りにやったんか？　もう一回やったるさかい、よう見とき」

山崎が言って、井戸に向き直る。花は少し離れた場所に立って、山崎が井戸から水を汲むのを見つめた。

「お前あんま力なさそうやし、水は一杯に汲むんやなくて半分くらいにしときや」

水を汲み終えると山崎は、台所まで運ぶために花が用意していた桶に中身を移してくれる。花は軽く頭を下げて、差し出された桶を受け取った。

「ありがとうございます。——それじゃあ」

「ちょい待ち」

呼び止められて、びくりと肩が跳ねた。山崎は少し困ったような笑みを浮かべる。

「そないな顔せんでも、別に問い詰めたりせえへんから。……誰にでも、触れられたない話の一つや二つあるやろし」

──何それ。山崎の言葉に、頭の芯《しん》がかっと熱くなった。

「何の話ですか」

自分には、聞かれて困ることなんて何もない。それなのに山崎の口ぶりは、それがさも事実であるかのようで、神経を逆《さか》なでした。

眉を寄せる花に、山崎は「いや」と首を横に振る。

「台所に食材そないなかったと思うけど、今朝はあるもんで我慢してな。うちは結構切り詰めて生活しとるさかい、毎日ゆうべみたいに金はかけられへんねん」

「……はい。分かりました」

「ほな、朝餉《あさげ》作り頑張って」

花に背を向けて、山崎は水を汲み始める。気持ちのやり場がなくなり、花は唇を噛んで台所へと向かった。

何なんだ、あの見透《みす》かしたような態度は。私のことなんて、何も知らないくせに。

どうしてか無性《むしょう》に苛立《いらだ》って、悔しくて……涙が出そうだった。

台所に着くと、花は気持ちを切り替えて朝食のおかず作りに取り掛かった。

山崎はあるもので我慢しろと言ったが、台所にはほとんど食材がないし、ついでに言うと時間もあまり残されていない。

しかし、『あるものだけで早くおいしいものを作る』ことに関しては、まかない作りを一年近く続けた結果、すっかり得意になっていた。

「食材不足上等！　やってやる」

気合いを入れると、さっそく主菜になりそうなものを探し始める。すると台所にあった甕の中に、水に浸《つ》かった大量の豆腐を見つけた。これだけたくさんあるということは、豆腐はこの時代でも安価な食材なのだろうか。

肉や魚はないようだし、今朝の主菜はこれにしよう。

豆腐を取り出して綺麗な布で包むと、少し傾けたまな板の上に並べていく。全て並べ終えると、その上に重しとして別の分厚いまな板を乗せた。

豆腐はしばらくこのままにして、その間に副菜を作る。昆布とかつお節のだしがらを、昨夜から捨てずに取っておいたので、この二つは活用したい。

「昆布は佃煮《つくだに》にして、かつお節はおかかにしようかな……」

そうと決めるとさっそくだしがらの昆布を切り、醤油と砂糖、みりん、酢、酒、水で煮ていった。おかかはかつお節を細かく刻んでから、醤油と砂糖、みりん、酒で煮詰めて、水分が飛ぶと最後にごまを混ぜ合わせる。

手早く二品を完成させたところで、主菜作りに戻った。

土物野菜の入った麻袋からねぎと人参を数本取り出すと、それらを全て微塵《みじん》切りにしてざっと火を通す。火を通した野菜は、先ほどからずっと重石をして水を切っていた豆腐と下味になる調味料と一緒に混ぜ合わせた。あとは形を整えて焼けば、肉なし豆腐ハンバーグのでき上がりだ。

豆腐ハンバーグを焼きながら、ハンバーグにかける餡《あん》と味噌汁を作り始める。

全て作り終えて盛り付けを済ませた頃には、すっかり日が昇り、どこからか鐘の鳴る音が聞こえてきた。注意を促《うなが》すための捨て鐘が三回、そのあとに六回。沖田に指定されていた明け六つになったようだ。


広間に入り、料理を目にするなり土方は眉を寄せた。

「おい。この丸い塊《かたまり》と、その上のどろどろしたもんは何だ」

広間の隅に控えていた花を振り向いて尋ねる。

「餡かけ豆腐ハンバーグです」

「ああ？　何だそれは」

「まあ、強《し》いて言えば私の故郷の郷土料理のようなものです」

自分でも嘘か本当か分からないような適当な返事をすると、土方は若干《じゃっかん》首を傾げつつも納得したように席についた。土方より少し早く広間に来ていた沖田は、二人の会話を聞いて楽しそうに花を振り向く。

「神崎さんの故郷は着るものだけじゃなくて、食べるものまで珍妙《ちんみょう》なんですね。さぞかし珍妙な故郷なんだろうなあ」

「お口に合わないようでしたら、無理に食べていただかなくても結構ですけど」

「いいえ、いただきますよ。意外とおいしいですからね。珍妙な料理人の作った珍妙な料理」

「こら、総司。珍妙珍妙と女子に向かって繰り返すものではないよ」

むっとして言い返そうとしたところで、近藤が沖田を窘《たしな》めた。ざまあみろと内心思っていると、沖田が近藤に見えないようにべえ、と舌を出している。小学生か。

「……近藤さん、隊士たちが待ってる」

土方が近藤に囁《ささや》いた。見ると隊士たちはいつの間にか全員集まっていたようで、みな何事かとこちらをうかがっている。

近藤は立ち上がり、花を手招きした。花が隣に立つと、隊士たちを見回す。

「えー、諸君。こちらが昨夜から賄《まかな》いを作ってくれている、神崎花くんだ。これから前川家の食事は神崎くんが作ることになった」

広間に集まった二十人ほどの隊士の視線が、自分に集中する。花は急に緊張して、ごくりと生唾《なまつば》をのんだ。

「か、神崎花です。どうぞよろしくお願いしま――」

「あれ、花ちゃん⁉」

最後まで言い終える前に、隊士たちの中から声が上がる。

「本当だ！　山崎と恋仲の花ちゃんじゃねえか！」

……濃い仲？　小田舎？

首を傾げながら声のした方を見ると、昨日屯所《とんしょ》の門近くで会った二人組がいた。

「確かお二人は……永田さんと、原助さん！」

「思い出した！　って顔輝かせてるとこ悪いけど、違う！」

「惜しい！　何か色々ぐちゃぐちゃになってる！」

二人は拳で畳を叩いて叫んだ。

「俺が永倉で、こっちが原田な」

永倉が自身と原田を交互に指さして訂正する。その隣で原田は、うっとりと両手を組んで目を輝かせた。

「でも俺、花ちゃんになら何て呼ばれても嬉しいぜ……！」

「あっ、左之《さの》！　てめー、自分はちょっとあだ名みたいになってたからって……俺はお前の名前と混ぜられんのだけは勘弁だぜ！」

「おい、お前ら！　ふざけるなら飯食ったあとにしろ！」

土方の怒号《どごう》が響き、二人は首をすくめて口を閉じた。

「ったく、あの女好き共。はしゃぎやがって……」

土方は小声で悪態《あくたい》をついてから花に目を向け、しっしと手で追い払う仕草をした。

「お前はもう下がっていいぞ」

花も永倉と原田を若干暑苦しいなと思っていたところだったため、大人しく土方の言葉に従った。

広間を出るまでの間「待って、花ちゃん！」だの「冷たい！　でもそんなところもいい！」だのといった声が聞こえたが、聞こえないふりをして障子《しょうじ》を閉めた。

▷▷▷▷▷▷▷▷▷▷

花が広間を出た後も永倉と原田ははしゃいでいたが、土方が二人にげんこつを落としたことでようやく落ち着いた。

いざ食事が始まると、みな一様に目の前の見たこともない料理に夢中になり

――。

「うっめえ！　朝からこんな豪華な飯食ったの初めてだ！」

「この丸いの何でできてんだ⁉」

と、これはこれでまた大騒ぎだったが、土方はもうすっかり諦《あきら》めた様子で料理を口に運んでいる。

そんな中、山崎はというと、『山崎と恋仲の花ちゃん』のところを、この大騒ぎのおかげで誰にも突っ込まれずに済んだことに安堵《あんど》していた。

神崎のやつも否定せんし。何考えとるんや、あいつ。

「――山崎」

ふと背後から声がかかった。振り返ると、食事を終えたらしい土方が立っている。

「食い終わったら俺の部屋に来い」

それだけ言い残して、土方は返事も待たずに広間をあとにした。相変わらずせっかちな人だ。苦笑しつつ、最後に一欠片《ひとかけら》残していたハンバーグを口に放り込む。

「……うま」

独り言のつもりで呟くと、予想に反して返事が返ってきた。

「うまいですよね、これ。どうやって作ったんだろうなあ」

見ると隣に座っていた隊士が、にこにこと笑みを浮かべてこちらを見ている。

「お前は……相田龍之介《あいだりゅうのすけ》やったか」

山崎が言うと、相田は少し驚いた様子で目を丸くした。

「わっ、すごい。俺のこと知ってるんですか」

相田はつい数日前、壬生浪士が屯所として使っている前川家の主人、前川荘司《しょうじ》の口利《くちき》きで隊に入ったばかりの新米隊士だ。

「隊士の名前と顔くらい覚えとって当然やろ」

「そんなことないですよ。俺はまだ試用期間も終えてないですし。名前を覚えててくれたのは、山崎さんが初めてです」

壬生浪士には入隊試験のようなものは設けられていない。その代わり、『仮同志』と呼ばれる試用期間があり、適性なしと判断されれば追い出される仕組みとなっているのだ。この試用期間というのがなかなかの曲者《くせもの》で、日頃の勤務態度及び生活態度を見るのはもちろんのこと、真夜中に先輩隊士が適性を見るため、斬りかかってきたりということもある。

「仮同志の間に追い出される者は少なくないと聞きました。それなのに、名前を覚えてらっしゃるなんて物覚えがいいんですね」

「……俺はまだまだ下っ端やし何の権限もないさかい、媚《こ》びても入隊はできひんで」

山崎が言うと、相田は慌てたように身を乗り出した。

「お、俺はそんなつもりじゃ――」

「分かっとる。冗談やて」

小さく笑って立ち上がる。

「先に失礼するわ。このあとは朝稽古《あさげいこ》やから、しっかり食うとけよ」

「はい！」

相田が元気よく頷くのを見て、山崎は広間を出ていった。


部屋を訪ねると、土方は文机《ふづくえ》に向かい、何やら書きものをしているようだった。

「……隊内の様子はどうだ」

こちらを振り返らないまま、土方が尋ねる。

山崎は数日前から土方直々《じきじき》の命令で、隊士たちの素行《そこう》調査を行っていた。

本来であれば監察方《かんさつがた》の仕事だが、人手が足りておらず、加えて監察と知られている隊士より警戒されずに動けるため、山崎に声がかかったのだ。

このことは、幹部でもまだ一部の人間しか知らない。

「特に変わったところはありません。ただ俸禄《ほうろく》が貰えるようになってからは、入隊志願者も増えましたし、今後は一層警戒が必要やと思います」

淡々と答える山崎に、土方はため息をついて振り返った。

「隊士が増えるのは結構だが、俸禄目当ての輩《やから》も多いし、そういうやつらに限って何かと問題を起こすからな。……もっとも、一番厄介《やっかい》な輩は別にいるんだが」

土方の言う『一番厄介な輩』というのは、尊王攘夷《そんのうじょうい》急進派の間者《かんじゃ》のことである。

今この国は大きく、幕府と朝廷で手を組み国内外の問題に対処しようとする公武《こうぶ》合体《がったい》派と、朝廷を擁立《ようりつ》し、武力で外国勢を打ち払おうとする尊王攘夷派の二派に分かれている。そんな中、ここ京では急進的な尊攘派の志士による、「天誅《てんちゅう》」や「斬奸《ざんかん》」と称した暗殺が横行していた。暗殺の対象は、初めは安政《あんせい》の大獄《たいごく》や公武合体運動に関わった幕府要人などだったが、近頃は商人や百姓なども無差別に殺されている。

壬生浪士はこの年の三月中頃から京都守護職御預かりとなり、そうした暗殺者の取締りも行っていた。しかし隊士は浪人や農民、商人などの寄せ集めで、素性の調査などは十分に行えていない。正直なところ間者として潜り込むのは容易で、それ故《ゆえ》に隊士の監視は重要な任務であった。

「引き続き頼んだ」

「承知しました」

頷くと、話は終わりだろうと腰を上げようとする。それをなぜか土方が、「ちょっと待て」と止めた。

「どないしましたか？」

真剣な土方の顔を見て、何かあったのかと眉を寄せる。

「永倉が言ってたが、お前神崎と恋仲になったのか？」

「――そないなことには、断じてなってません」

不意をつかれて一瞬言葉を詰まらせた山崎を、土方はにやにやと見つめた。

全く、この人は……。鬼の副長と言って土方を恐れる隊士たちに、この姿を見せてやりたい。

「まあ、そう怒るな。これは仕事の話だ」

そう言った土方の声色《こわいろ》は真面目なものに戻っていて、山崎も姿勢を正す。

「お前はあの女――神崎花を何者だと考える？」

「……何者とは？」

山崎の問いに、土方は渋い顔をして視線をそらした。

「俺にはどう考えてもあいつがただの料理人には見えねえ。いいとこの娘なんだろうってのは認めるにしても、色々と謎が多過ぎるだろう」

土方の言葉に、初めて花に会ったときのことを思い返す。あのとき花は、ぶつかってきたのでも飛びかかってきたのでもなく、『降って』きたように感じた。自分がいたのは縁側《えんがわ》で、降ってこられるような場所などなかったのだが。

あまりにも不思議で、花がいなくなったあと、自分は白昼夢《はくちゆうむ》でも見たのかと疑っていたのだが——彼女は再び、自分の前に現れた。

まずここらの人間とはちゃうんやろうけどな……。

言葉のなまりからして、江戸の方の出ではないかと思う。しかしまさかあの格好で、江戸から旅して来たわけではないだろう。不審過ぎて、確実に関所などで止められる。

「山崎。隊士たちの素行調査に加えて、神崎のことも調べておいて貰いてえんだが」

頼めるかと問われ、山崎は一も二もなく頷いた。素性はともかく、花がどういう性格かはすでに大体摑んでいる。疑うことを知らない、素直でとても騙しやすい人間だ。本人に気取《けど》られないよう動くのは、そう難しいことではないだろう。

「任せてください」

そう答えたところで、部屋の外からこちらに近づいてくる足音が聞こえてきた。顔を向けると同時に勢いよく障子《しようじ》が開き、沖田が軽《かろ》やかに部屋に入ってくる。

「ひっじかったさーん！　いますかあ？」

「……総司。そういうことは、障子を開ける前に言えって何回言ったら分かるんだ」

　怒りを押し殺したような声で土方が言う。

「まあまあ、怒らないでくださいよ。そんな怖い顔ばかりしてたんじゃ、眉間のしわが取れなくなっちゃいますよ」

「誰のせいだと思ってんだ」

「ほらまた」

　笑いながら自分の眉間を指先で叩いて見せる。そんな沖田に土方は、怒る気力をなくした様子でため息をついた。

「で、何の用なんだ？」

「土方さんを朝稽古に誘おうと思ったんですよ。ほら、最近部屋に籠《こ》もりっぱなしで、元から鬱々《うつうつ》としてる雰囲気がさらに酷《ひど》くなってるじゃないですか」

「……余計なお世話だ」

　土方は仏頂面《ぶっちょうづら》で言って、背を向けた。

「俺は仕事があるんだ。山崎、そこの餓鬼《がき》連れて朝稽古に行ってこい」

「ええー、せっかくわざわざ迎えにきたのにぃ」

　沖田は拗《す》ねたように口を尖《とが》らせていたが、山崎が「行きましょう」と促《うなが》すと、渋々ながらも土方の部屋を出た。

「神崎さんのこと、何か言われたんですか?」

土方の部屋を出てしばらく歩いたあと、沖田が唐突《とうとつ》に尋ねてきた。沖田がそんなことを聞いてくるとは思わなかったため内心少し驚いたが、表には出さず口を開く。

「いいえ、何も」

「……そうですか?」

沖田の声には疑いが混じっていた。しかし山崎は気づかないふりをして前を向く。

良くも悪くも、沖田はいつも正直だ。裏表がなく、己《おのれ》の冷酷な部分でさえも、隠すことなくさらけ出してしまう。相手を騙し、警戒させずに素性を探るような真似ができるたちではない。

沖田と庭に面した廊下を歩いていると、相田の姿を見つけた。勘定方《かんじょうがた》の部屋から出てきたところのようで、こちらに気づくと笑顔で駆け寄ってくる。

「沖田先生に山崎さん。今から朝稽古ですか?」

「ああ。……お前は何の用やったん?」

「昨日、平間《ひらま》先生に使いを頼まれたのですが、つり銭を返すのを忘れていて。ご不在でしたが」

金を入れているらしい小さな巾着袋《きんちゃくぶくろ》を振って、相田が苦笑する。

平間重助《じゅうすけ》は勘定方取締りで、隊内の金銭管理をしている男だ。

「平間先生やったら、たぶんまだむこうで休んではると思うで。今朝、芹沢先生と佐伯先生に会うたけど、飲んで帰ってきはったみたいやったから」

芹沢は飲みに出るとき、副長助勤の佐伯又三郎《またさぶろう》と平間ともう一人、やはり副長助勤を任されている平山五郎《ひらやまごろう》という男を連れるのがお決まりだった。あの場に平間と平山はいなかったが、同行していたのは間違いないだろう。

そこまで考えて、山崎はふと花のことを思い出した。彼女はあのとき、芹沢と父親を見間違えていたようだった。自分の家がどこにあるのか分からないという花の言葉の真偽は定かではないが、芹沢に詰め寄っていたあの必死な様子からして、家族に会いたくても会えない状況下にあるということは嘘ではないように思う。

立ち去ろうとした花を呼び止めたときの、怯《ひる》んだような目が脳裏《のうり》に浮かぶ。

あれはちょっと、余計な一言やったな。

「そうだったんですね……。でしたら昼過ぎにまた訪ねてみます」

「……ああ。ほな、朝稽古行くか」

相田に言って、歩き出そうとする。しかし沖田は立ち止まったまま、相田の顔をじっと見つめた。

「あなた誰でしたっけ？　最近入隊した方ですか？」

「あっ、はい！　先日より仮同志となりました、相田龍之介と申します」

「相田さんですね。──そうだ、せっかくですし今から手合わせしましょうよ！」

ふと思いついたように、沖田が手を打って顔を輝かせた。しかし、対照的に相田の顔は青ざめる。

それもそのはず、沖田は壬生浪士の中でも一、二を争う剣客だ。加えて教え方も荒いため、大抵《たいてい》の隊士は手合わせを嫌がる。

「あ、あの沖田先生。俺、ちょっと厠《かわや》に行ってから──」

「まあお待ちなさい」

そろそろと後ずさる相田の肩を、沖田はしっかりと抱いた。

「そんなに怖がらなくても大丈夫ですよ。初めての人には優しいですから、私」

沖田の言葉を聞いて、本当かと確かめるように相田がこちらを見る。山崎は黙って視線をそらした。沖田の優しい手合わせなど、入隊してこの方、見たことがない。

「それではさっそく稽古場に行きましょう！」

「や、山崎さんっ！　助けてください！」

相田の悲痛な叫びが聞こえたが、山崎は心の中で合掌《がっしょう》しつつ、明後日《あさって》の方向を見つめ続けた。

悪い、相田。俺も巻き添え食らいたないねん。

結局相田は、張り切る沖田になかば引きずられるようにして稽古場へと連れていかれ、山崎は少し距離を取りつつそのあとに続いた。

▷▷▷▷▷▷▷▷▷▷

朝食の食器を全て洗い終えたあと、花は人を探して屯所の廊下を歩いていた。

昨日からお風呂に入っていないので、今すぐにでも入りたい。

誰かに会ったらそう頼もうと思っていたのだが、廊下に人気《ひとけ》は全くなかった。中庭の方から稽古をしているらしい声が聞こえてくるので、隊士たちはみなそこにいるのかもしれない。稽古の邪魔はしたくないし、できればそちらには行きたくなかったのだが、仕方がない。

声をかけられそうな雰囲気でなかったら、終わるまで待っていようと決めて、さっそく中庭に向かって歩き出す。

中庭ではやはり、稽古が行われていた。竹刀《しない》を手にした二十人ほどの隊士たちがみな、素振りや打ち合いをしている。

隊士たちの気迫や激しくぶつかり合う竹刀の音に圧倒されて、花はしばらく声も出せずにその様子を見つめていた。

「どうしたのですか、神崎くん」

そう声をかけられて、ようやく我に返る。顔を向けると、汗を拭《ぬぐ》いながら山南がこちらに歩いてくるところだった。

「あ……稽古中にすみません。その、お風呂に入らせてもらえないか聞きにきたんですが……」

言いながら、視線を隊士たちに戻す。

「いつもこんな稽古をしてるんですか？」

「はい。毎日朝食後、ここで一刻《いっとき》ほど」

「そうなんですね……」

隊士たちの中に永倉と原田の姿を見つけたが、朝広間で会ったときとは別人のように真剣な顔で指導をしている。ふざけた人たちだと思っていたのに、こんな姿を見るとなんだか調子が狂ってしまう。

「……みなさん真剣ですね」

そう口にすると、山南は「当然です。命がかかっているのですから」と頷いた。

「命……？」

「はい。不審な者を見つけた場合、こちらは捕縛《ほばく》が基本ですが、対象が斬りかかってくることもあります。稽古はそうした『いざ』というときのためのものですから、手は抜けませんよ」

穏やかな口調で言われた言葉に、はっとする。

――そうか。稽古といっても、部活の稽古とはわけが違うんだ。

彼らはみな腰に刀を差して歩くが、あの刀は飾りではなく、実際に鞘《さや》から抜いて人を斬ったり斬られたりすることがあるのだ。

隣に立つ山南を、じっと見つめる。……彼も、人を斬ったことがあるのだろうか。

山南は優しくて、他人を傷つけるような人間には、とても見えないのだが――。

「うわあああ！」

突然辺りに響いた叫び声に、驚いて身体が跳ねる。

何事かと目を向けると、沖田が逃げようとする隊士に向かって竹刀を振り上げていた。とっさに目を閉じた瞬間、竹刀で強く叩《たた》く音が聞こえる。

「勝負の途中で相手に背を向けるとは、どういう了見《りょうけん》ですか！」

おそるおそる目を開けると、地面に倒れた隊士に対し、沖田が烈火のごとく怒っていた。

「そ、それは、竹刀落としてもうたさかい――」

「そんなことが言い訳になると思っているのですか⁉　恥を知りなさい！」

沖田の剣幕《けんまく》に、隊士は怯んだ様子で口を閉じる。

「いいですか、佐々木《ささき》さん。二度目はありませんからね」

そう言うと、沖田はすぐに別の隊士の相手を始める。佐々木と呼ばれた男は、悔しそうにしながらも竹刀を拾って立ち上がった。

「厳しいですね、沖田さん」

首をすくめて言った花に、山南は苦笑した。

「ところで、風呂のことを聞きにきたんでしたよね」

「あっ……はい。昨日、沖田さんにこの屋敷の案内をしてもらったんですが、お風呂の場所を聞き忘れて」

「……神崎くんの家には風呂があったのですか？」

驚いたように、山南が尋ねる。

「え、ありましたけど……もしかして、普通はないんですか？」

「はい。この前川家にはありますが、風呂のある家はまれで、湯屋《ゆや》で済ませるのが普通です」

湯屋とは銭湯のようなものだろうか。家にお風呂が無いなんて、不便な時代だ。

「ちなみに、風呂の沸かし方は分かりますか？」

「……あ」

そうだ。この時代の風呂がどんなものなのか、自分は全く知らない。

「すみません。分かりません……」

「それなら八木家に、雅《まさ》さんという八木家のご妻女《さいじょ》がいらっしゃるので、聞いてみるといいですよ。山南に言われたと伝えれば、きっと教えてくれます」

「分かりました。ありがとうございます」

頭を下げると山南は、「それじゃあ」と背を向けて稽古に戻っていった。

昨夜沖田に屯所の案内をしてもらったとき、八木家はこの屋敷の裏門から出て、通りを挟んだ向かい側にあると教わっていた。言われた通り裏門から外に出ると、立派な門構えの屋敷がある。恐らくここが八木家だろう。

——今朝会った、あの芹沢という男は八木家で暮らしていると聞いたが、今もいるのだろうか。

ふと考えて、慌てて首を振る。芹沢がいようがいまいが、自分には関係ない。

「すみません、八木雅さんはいらっしゃいますか？」

戸が開いていたので玄関から声をかけてみると、中から足音が聞こえてきて、四十歳くらいの女性が現れた。

「あてが雅どすけど……あんたはんどなたどすか？」

戸惑った様子でじっと花を見つめる。

「はじめまして。本日から前川家で料理人をさせていただいてます、神崎花と申します」

「……料理人？　あんたはんみたいな若い娘はんが、どないしてこんなところで？」

「えっと……それは少し事情がありまして。これからご迷惑をおかけすることもあるかもしれませんが、よろしくお願いします」

笑って誤魔化《ごまか》しつつ、丁寧にお辞儀《じぎ》をする。雅はまだ少し困惑しているようだったが、静かに頭を下げ返してきた。

「八木雅どす。こちらこそ、よろしゅうお願いもうします」

雅に風呂に入りたい旨《むね》を伝えると、さっそく前川家で教えてもらうことになった。

案内された風呂場は台所の近くにあった。風呂は、風呂桶の下に竈《かまど》がある五右衛《ごえ》門《もん》風呂だ。竈の火で湯を沸かし、風呂に入るときは足元が熱くなるので、風呂桶の蓋《ふた》を沈めて踏んで入るらしい。

「ちなみに、お風呂の水って……」

「近くに井戸がありますやろ？　あっこから汲んでくるんどす」

「ですよね……」

　風呂桶を満たすのに、一体何度往復することになるのだろう。つい肩を落としそうになるが、ぐっとこらえる。

「えっと、あとはシャンプー……じゃなくて、髪を洗うものとか身体を洗うものってどこにありますか？」

　気を取り直して尋ねると、雅は目を丸くして花を見た。

「髪を洗わはるんどすか？」

「え？　はい……」

　頷きつつ、きっちりと結われた雅の髪を見る。……まさか。

「普通は毎日洗わないものなんですか？」

「はい。髪を洗うんは、冬は月に一回、夏でも半月に一回くらいどす」

「そ、そうなんですか……」

　郷《ごう》に入《い》っては郷に従えというが、髪を毎日洗わないというのは受け入れがたい。

「……お花はんは、ええところの娘はんなんどすなあ」

雅はまじまじと花を見て言った。口にはしなかったが、その言葉にはきっと『格好は変わっているが』という一言が隠されていたのだろう。

「あの……お花はんはどないして袴をはいてはるんどすか?」

首を傾げて雅が尋ねた。

「実は着物を着たことがあまりなくて、慣れないので……。あと、着付けも自分でしたことがなくて」

「へえ、そうどすか……。そやけど袴の方も、その……」

「……もしかして、袴も着付けおかしいですか?」

見よう見まねのわりにはうまく着られたと思っていたのだが。

雅は小さく頷いて、うかがうように花を見た。

「よかったら、着付けお教えしまひょか?」

「いいんですか?」

思わず身を乗り出すようにして尋ねる。

雅は「あてでよろしいんやったら」と初めて笑みを見せて言った。

それから雅は水汲みを手伝い、花が風呂に入っている間は火の調節もしてくれた。

この時代、身体はぬかで、髪は海藻《かいそう》のフノリというものとうどん粉をお湯で溶かしたものなどで洗うらしく、雅に用意してもらったそれらで花は快適に風呂に入ることができた。

「本当、何から何まですみません……」

風呂から上がったあと、袴の着付けを教わりながら、雅に頭を下げる。世話になりっぱなしで、さすがに身の置きどころがなかった。

雅は微笑《ほほえ》んで首を横に振る。

「気にせんといてください。うっとこの家族は男ばっかりで、加えて壬生浪士の方が暮らしはるようになってからは、どこ見ても男しかおらんようなっとって。久しぶりに若い娘はんと話せて、あても嬉しいんどす」

「八木家には雅さんと旦那さんの他にも、ご家族が住んでいらっしゃるんですか？」

「へえ、息子が三人。上から秀二郎《ひでじろう》、為三郎《ためさぶろう》、勇之助《ゆうのすけ》いいます。挨拶《あいさつ》させますさかい、また今度うっとこに来たときは声かけてください」

袴の着付けを終えると、雅は八木家へ帰っていった。

一度部屋に戻り、昨日着た服を取ってきた花は、洗濯をするため井戸へ向かった。

　この時代は家事をしようと思うと、何をするにも井戸を使わなければいけないようだ。水を汲むのはなかなかの重労働で、正直もう井戸は見たくもないのだが。

「大変そうですね。大丈夫ですか？」

　苦労しながら水を汲んでいると、一人の隊士が声をかけてきた。確か朝稽古で沖田に竹刀で叩かれていた――佐々木という名前だったか。

「俺は佐々木愛次郎《あいじろう》ていいます。神崎はん、これからここで料理人しはるんですよね。よろしくお願いします」

　簡単に挨拶をすると、佐々木は世間話を始めた。話は次第に隊の愚痴《ぐち》へと変わっていく。

「神崎はん、知ってます？　今の幹部連中てみんなほとんど同郷で、もともと仲がよかったんですよ。あいつら新入りを昇格させる気なんて少しもないんです」

　どうやら彼は自分を心配してきてくれたわけではなく、愚痴を言いたかっただけのようだ。意見を求めているわけでもなさそうなので、花は「そうなんですね」と適当に相槌《あいづち》を打っておいた。隊内のいざこざに首を突っ込む気は毛頭《もうとう》ないし、聞き流しておけばいいだろう。

「沖田さんなんか人より剣が使えるだけで、他には何も取り柄ないくせに。今日の稽古んときも酷かったんですよ。勝負の途中で手滑らして竹刀落としたくらいで、思い切りぶって、怒鳴ってきて」

井戸に桶を投げ入れたところで、佐々木が言った言葉に手が止まる。

「……私それ見てましたけど、沖田さんが怒ってたのって、竹刀を落としたからじゃなくて、佐々木さんが逃げようとしたからじゃありませんでした？」

花が聞くと、佐々木は目を見開いて組んでいた腕を下ろした。

――しまった。聞き流すつもりだったのに、つい口を挟んでしまった。

しかし、自分を正当化するために事実を曲げる人間は好きではないのだ。

「愚痴を言うなとはいいませんけど……嘘はよくないんじゃないですか？」

怒らせただろうかと思いつつ、佐々木をうかがい見る。彼は顔を真っ赤にして、

「なんやねん、女のくせに生意気言いやがって」と吐き捨てて去っていった。

男尊女卑《だんそんじょひ》の鑑《かがみ》みたいなせりふだな、などと考えながら佐々木の背中を見ていると、ふと近くに沖田の姿があるのに気づいた。どうやら話を聞かれていたようだ。

佐々木の言葉に傷ついたりしているのだろうかと一瞬思ったが、そんな可愛らしい心は持ち合わせていないようで、沖田は平然とした顔で近づいてきた。

「神崎さんは、私のこと嫌いなんじゃないんですか？」

「……別に嫌いではないですよ」

答えると、沖田は意外そうな顔をする。

「そうなんですか？」

「嫌いって言えるほど、沖田さんのこと知りませんから。……まあ、苦手ではありますけど」

正直に言って、沖田も怒っただろうかと思ったが、彼は不思議そうにするだけで怒った様子は少しもなかった。

「それならどうして、私のことを庇《かば》ったんです？」

「さっきのは庇ったわけじゃないですよ。ただ、自分の思ったことをそのまま伝えただけです」

「ふうん……」

沖田は呟くように言って、花が水を汲み上げるのをじっと見つめる。見ているくらいなら、手伝ってくれればいいのに。

「あの、神崎さんって――」

「おっ、花ちゃんに総司！　仲良さそうに何話してんだ？」

何か言いかけた沖田の言葉を遮《さえぎ》って、永倉と原田が現れた。

「……二人とも、今から巡察なんでしょう。早く行ってきたらどうですか」

「何だ、総司。ご機嫌斜めか？」

「水くらい飲ませてくれよ。これから巡察終わるまで、飲めねえんだから」

二人は笑いながら、拗《す》ねたように頬を膨《ふく》らませる沖田の背中を叩く。その腰に目を向けると、刀が二本差してあった。つい、じっと見つめてしまう。

「えっ、花ちゃんどうしたんだ？　そんな熱い目で見つめてきて、もしかして俺に惚れて――」

「天地がひっくり返っても、それだけはあり得ないので安心してください」

頬を染める原田にきっぱりと言う。しかし原田はなぜかますます嬉しそうな顔をした。

「くぅー、つれねえなあ！　江戸の女を思い出すぜ！」

「はあ……」

すっかり引いてしまっていると、永倉が水を汲みながら苦笑した。

「悪いな、花ちゃん。こいつ最近イケると思ってた女に振られたばっかりで、花ちゃんみたいなはっきりした江戸女が恋しいんだ」

「……こっちの女は分かりにくいんだよ。あんなの俺に惚れてると思うだろ……」

途端に肩を落とした原田に、永倉が酒でも勧めるように「まあ飲め飲め」と水を飲ませる。

そういえば、さっき佐々木が幹部はほとんど同郷だと言っていたが、話からして江戸の出なのだろうか。

「みなさん、出身は江戸なんですか？」

聞いてみると、原田は「いや」と首を振った。

「ぱっつぁんと総司はそうだが、俺は伊予国松山藩《いよのくにまつやまはん》の出だ。江戸には二年ほどいて、近藤さんとこの試衛館《しえいかん》で世話になってたんだ」

「試衛館？」

「近藤先生が宗家《そうけ》を務める天然理心流《てんねんりしんりゅう》の道場ですよ。道場には私たちの他に、土方さんや山南さん、平助、源《げん》さん、斎藤《さいとう》さんがいました」

沖田が答える。彼らは同郷というよりは、同じ道場で一緒に過ごした仲間といったところなのだろうか。

「ところで、源さんと斎藤さんって誰ですか？」

「ん？　花ちゃん知らねえのか。源さんは井上源三郎《いのうえげんざぶろう》っつって試衛館からこっちに来た中での最年長、平助と同い年で最年少なのが斎藤一《はじめ》だよ。二人とも副長助勤だ」

「同じ屋根の下で暮らしてるんだし、まあそのうちどこかで会うだろ。そろそろ行くぞ、左之」

永倉が原田を促し、二人は連れ立って玄関の方へと向かった。

「今日は暑くなりそうですねえ」

沖田が言ってうんと伸びをする。頭上を見ると、青色の絵の具を薄めず広げたような、初夏の空が広がっていた。

「そうですね……。洗濯物がよく乾きそうです」

昼過ぎ、昼食の片づけをしていると、玄関の方から騒ぐような声が聞こえてきた。足早に玄関へと歩き出すと、その途中で山崎と鉢合《はちあ》わせた。

「何かあったんか？」

「……分かりません」

答えながら、今朝のことを思い出してつい視線をそらしてしまう。山崎は「そうか」とだけ答えて、黙って歩き続けた。

「これは一体……」

玄関を出ると、門を入ったところに十数人の隊士たちがいた。巡察帰りと見られる浅葱《あさぎ》の羽織を着た男たちはみんな、しゃがんだり倒れたりしていて、彼らを他の隊士たちが介抱《かいほう》しているようだ。

周囲を見回すと地面に座り込んだ原田の姿があり、花は慌てて駆け寄った。

「原田さん、大丈夫ですか？」

「う……花ちゃん……？」

原田がゆっくりと顔を上げる。怪我をしている様子はないが、ぐったりとしていて顔が青ざめている。

「花ちゃんが抱き締めてくれたら、治る気がする……」

「大丈夫そうですね」

心配して損をした。

ため息をついたところで、屋敷の中から走ってくる複数の足音が聞こえてきた。振り返ると、ちょうど永倉が土方を連れて玄関を出てきたところだった。

「巡察中に急にばたばた倒れだして、とりあえず何ともないやつらで担《かつ》いで連れて帰ったんだけど、どうしたらいい？」

「どうしたらってても……俺は医者じゃねえんだぞ」

頭を掻《か》きながら土方が周囲を見回す。

「──おい神崎。お前が飯に何か変なもん入れたんじゃねえのか」

目が合うなり、土方が言った。言いがかりにもほどがある。

「失礼ですね、何も入れてませんよ。私の作ったご飯が問題なら、他のみなさんだって倒れてるはずでしょう」

睨みながら答えると、土方はふんと鼻を鳴らして顔をそらした。その目が傍に立っていた山崎を捉える。

「そういえばお前、父親が医者だったな。こいつら何で倒れたのか分からねえか？」

山崎は黙ったまま、近くに倒れていた隊士の前にしゃがみ込んだ。少しの間、何か調べるように身体に触ったりして口を開く。

「中暑《ちゆうしよ》やと思います。江戸と違《ちご》うて京の暑さは尋常《じんじよう》やないですから、身体が慣れてへんのでしょう。とりあえず、日陰の涼しい場所に運んだってください」

「よし、聞いたかお前ら！　こいつら全員中に運べ！」

土方の命令に隊士たちが動き出す。花も近くに倒れていた、より具合の悪そうな隊士に声をかけた。

「大丈夫ですか？　立てます？」

尋ねてみるが、男は小さく呻《うめ》くだけで起き上がろうとしない。どうやら自力では歩けなさそうだ。仕方がないので男の腕を肩に回して、立ち上がろうとする。しかし男の身体は想像以上に重く、上半身を持ち上げるだけで精いっぱいだった。

「すみません、誰か――」

助けを求めようと顔を上げたそのとき、「手伝いますよ」という声とともにふっと肩の重みが軽くなった。見ると、自分と同じくらいの年ごろの青年が、反対側から男の肩を支えている。

「あ、ありがとうございます」

「いえ。早く中へ運びましょう」

青年が言って、花は彼と二人で男を屋敷の中へと運んだ。

「全員横にさしてから、うちわで扇《あお》いだり、濡らした手拭い当てたりして、身体を冷やしてください。あとは水が飲めそうな人には水飲まして」

風通りのいい部屋に隊士たちを運び終えると、また山崎が指示を出す。

山崎の一連の発言を鑑《かんが》みるに、中暑とは恐らく熱中症のことだろう。それなら水より、スポーツドリンクを飲ませた方がいいかもしれない。

「すみません、ちょっと外します」

一緒に男を運んだ青年に声をかけ、走り出す。

台所に着くと、まず鍋いっぱいに水を入れて火にかけた。それから沸騰するのを待っている間に、砂糖、塩、酢の準備をする。本当は酢ではなくレモン汁を使いたかったが、あいにくここにはない。そのため同じ酸味ということで、味は劣《おと》るが酢を代用することにした。

水が沸騰すると、材料を入れて溶けるまでかき混ぜる。味は二倍に薄めてちょうどいい程度に作っておき、半分水を張ったたらいに中身を移した。

「――うん。これでよし」

最後に味見をして頷く。冷たくはないが、水で割ってあるので沸騰したばかりのものよりは、ずっと飲みやすい。あとは隊士たちが寝ている部屋まで運ぶだけだ。

たらいを両手で掴み、持ち上げようとする。

「う……っ」

――重い。とにかくたくさん作らなければと思って、運ぶときのことを考えていなかった。とはいえ持ち上がらないほどではなく、花は心の中で気合いを入れると、腰を入れてたらいを持ち上げた。

「花ちゃん、水汲んできてくれたのか？」

部屋に着くと、永倉が尋ねてくる。

「いえ、これはスポーツドリンクっていって、えーっと……水分補給するのにいい飲み物です。なので水よりこっちを飲ませてください」

説明すると永倉は部屋にいた隊士たちに呼びかけて、花の作ったスポーツドリンクを配り始めた。しかし倒れた隊士の数が多いため、大量にあったはずのスポーツドリンクはあっという間になくなってしまった。

「悪い、花ちゃん！　また作ってきてくれねえか？」

「はい！　すぐに戻ります！」

永倉に答えて台所へと急ぐ。そうして何度かスポーツドリンクを作るために台所と部屋を往復していると、隊士たちを看ていた山崎が声をかけてきた。

「神崎、お前顔色悪いで」

「だ、大丈夫です。スポーツドリンク、配らないといけませんし……」

そう言ってすぐに背を向けようとするが、腕を掴んで引き留められた。

「それはこっちでやるさかい、お前は休め」

「いえ、本当に大丈夫ですから」

掴まれた腕をむきになって引く。その瞬間、ぐらりと目の前が揺れた。

ふらついた花の身体を山崎が受け止める。

「おい、神崎！」

山崎の声がやけに遠く感じる。

あれ、なんか――気持ち悪いかも。

だんだんと立っている床の感覚がなくなり、目の前が暗くなり……突然ぷつりと電池が切れたように意識が途切れた。

ふと額に冷たいものが触れた気がして目を開ける。

「気ぃついたか」

声がした方に顔を向けると、自分の寝ている枕元に手拭いを持った山崎が座っていた。

「あほ。介抱しとる側が倒れたら世話ないやろ」

「私、倒れたんですか……？」

「せや。半刻近く寝とったで」

身体を起こして首をめぐらせる。隊士たちを運んだ部屋とは別の部屋のようだ。

「すみません、すぐに手伝いに戻って――」

「あっちはもう落ち着いたさかい、まだ大人しくしとき」

立ち上がろうとすると、山崎に止められた。とっさに大丈夫だと言おうとして、倒れる前にもそう言っていたことを思い出す。

「……分かりました。迷惑かけてすみません」

「ええよ。それより、これ飲めるか？」

傍に置かれていた湯呑みを差し出され、頷いて受け取る。一口飲んでみると、水ではなくスポーツドリンクだった。まさか自分が飲むはめになるとは……。

「それ、お前が作ったんやろ。おおきにな」

「いえ……」

むしろ自分は何もしない方が、迷惑をかけずにすんでよかったのかもしれない。

「飲み終わったら横になって、もうちょい寝とき」

山崎に言われ、大人しく横になる。

障子は開け放たれていて、外から吹き込んでくる熱のこもった風が頬を撫でた。横になったまま庭へ顔を向けると、ゆらゆらと揺れる陽炎《かげろう》が見える。

――眠っている間、夢を見ていた。まだ父親がいた、幼い頃の夢を。

「山崎さん。……すみませんでした」

庭の方を向いたまま、立ち上がろうとした山崎に謝る。

「もう謝らんでええて」

「そうじゃなくて、朝『何の話ですか』って山崎さんに当たるみたいに言って……そのあとも私、ずっと感じ悪かったですよね」

山崎は上げかけていた腰を下ろして座り直した。

「気にせんでええよ。余計なこと言うた俺も悪かったし」

静かな声で山崎が言う。

タイムスリップする前、まかないを食べた料理長に、無意識に父親の味を求めていたのではないかと指摘された。

あの言葉も今朝の山崎の言葉も、図星《ずぼし》だった。だから腹が立ったのだ。

もう気にしていない、忘れたと言って、本当は誰よりも自分が、父親との過去に囚《とら》われているのを知っている。思い出に蓋をして、見ないふりをし続けていたのは、そうしていれば傷つかないですむと思っていたからだ。

しかし、芹沢に「誰だ」と言われたとき、花はどうしようもなく、取り繕《つくろ》うこともできないほどに傷ついていた。

込み上げてくるものを抑えるように、唇を引き結ぶ。

――物心ついたときから、料理が好きだった。

自分で作るのはもちろん、人が作るのを見るのも好きで、小さい頃は父親が台所で料理をするのを何時間も飽きずに見ていた。

ありふれた食材たちが、父親の手にかかると見る間《ま》に美しい料理に変わっていく。その過程は幼い頃の自分にとってとても不思議で、心躍るものだったのだ。

大抵の場合、父親は花を放っておいたが、たまに「やってみるか」と包丁を貸してくれることがあった。子ども用の包丁と違って、父親の包丁は重くて切れ味が良い。それを使っているときだけは、まるで自分も一流の料理人になったような気がした。

父親は口下手《くちべた》で、家族といるときでもあまり話をしない人だった。一緒に料理をしているときも、もちろんそれは変わらない。

しかし、包丁の音や鍋の煮える音、油の跳ねる音が響く台所は賑《にぎ》やかで、その中で黙々と二人で料理を作るのは苦痛ではなかった。

いや、違う。苦痛でなかったのではなく、自分はその時間が――とても、好きだったのだ。

庭の陽炎が広がるように、目の前が滲《にじ》んで、ぼやけていく。

――お父さんに会いたい。

本当はずっと、会いたくてたまらなかった。だけど、捨てられたのかもしれないと思うと、胸をずたずたに引き裂かれたみたいに痛くて、必死で考えないようにしていたのだ。

「……お父さん……」

昔、両親とお化け屋敷に入ったときのことを思い出す。自分は子どもの頃から少しも成長していない。いつだって怖いことや悲しいことに正面から向き合おうとしないで、目を閉じて耳を塞いで逃げているだけの、臆病で情けない、泣き虫だ。

「……ん」

目の前に手拭いが差し出される。花はそれを両手で摑んで、顔に押し付けた。

いつまでも、子どもの頃と同じままではいられない。泣いても喚《わめ》いても、自分をおぶって歩いてくれる人はもうどこにもいないのだから。

「落ち着いた？」

しばらくして、顔から手拭いを離すと山崎が聞いてきた。

恥ずかしくて山崎の顔が見られない。はたちにもなって、人前で泣いてしまうなんて。

「はい……。ありがとうございました」

視線をそらしたまま手拭いを返す。花は山崎が手拭いを畳《たた》むのを横目に見つつ、ためらいがちに口を開いた。

「あの……山崎さん。今って何年の何月何日ですか？」

ずっと気になっていて……しかし、怖くて聞けないでいた。年を聞けば、今自分の置かれているこの状況が、途端に確かな現実になってしまうような気がしていたのだ。

緊張して山崎の答えを待つ。

「そんなことも知らんのか？」

今は現代ではない。現代ではなく――。

「文久《ぶんきゅう》三年六月八日やで」

「……ぶんきゅう?」

元号だろうか。初めて聞いた。

「今って江戸時代じゃないんですか? ええっと、それじゃあ西暦だと何年です?」

「はあ? 何言うてんの?」

山崎が異物でも見るような目で花を見る。江戸時代という呼び方はまだしていないのか。どうやら西暦もまだ日本に伝わっていないか、広く一般に浸透《しんとう》していないようだ。

思わず頭を抱えて呻く。

「うう、日本史の授業ちゃんと聞いてればよかった……」

授業中いつも寝てばかりいた自分を呪いたい気分だ。

「どないしたんや、急に」

尋ねる山崎になんでもないと首を振りつつ、ため息をつく。いまいち締まらないが……まあ自分らしい気もする。

「俺は他の人らの様子見てくるけど、お前はもうちょいそのまま寝ときや」

訝しそうにしながらも山崎が言って、部屋を出ていく。花は仰向《あおむ》けになり、じっと天井を見つめた。

なんにせよ、やはり今自分がいるのは現代ではなかった。

どうしてこの時代にタイムスリップしてしまったのか、どうやったら元の時代に帰れるのか、何も分からない。だが——絶対に、現代に帰ってみせる。

そう胸に誓うと、花は袴に括り付けたストラップを握りこんだ。

三品目　冷汗の冷汁

タイムスリップしてから十日ほどたったある日の朝、花は巡察に向かう隊士たちに水筒を配っていた。隊士たちが熱中症で倒れたあの日、巡察中は水を飲めないと原田が言っていたのを思い出し、最低でも半刻に一度、水分補給するのを義務付けるよう山崎から土方に頼んでもらい、許可が下りたからだ。

竹でできた水筒の中には、スポーツドリンクが入っている。これさえ飲んでいれば、あの日のような騒ぎは起こらないだろう。

「喉が渇いてなくても、ちゃんと飲んでくださいね」

声をかけながら水筒を渡していく。そのときどこからか「あっ」と声が上がった。

「神崎さん、お久しぶりです」

顔を向けると、隊士らしき一人の青年が会釈《えしゃく》して言った。

どこかで見たことがあるような気もするが、誰だっただろうか。首を傾げていると、青年は苦笑しつつ近づいてくる。

「相田龍之介といいます。中暑騒動《ちゅうしょ》のとき、少しお手伝いしたんですけど……覚えてないですか？」

「――あっ！　隊士の方を部屋まで運ぶとき、手伝ってくれた人ですね。すみません、顔覚えが悪くて」

「いえ、印象に残らない顔だとよく言われるので、気にしないでください」

人懐《ひとなつ》こそうに笑う相田に、つられたように花も笑顔を浮かべた。

「あのときはありがとうございました。相田さんもこれから巡察ですか？」

「はい。水筒一つ頂いていいですか？」

「もちろんです。今日も暑いですから気を付けてくださいね」

傍《そば》に置いていた水筒を一つ取って、相田に差し出す。しかし背後から伸びてきた手が、素早くそれを奪い取った。

驚いて振り返ると、沖田がいてしげしげと水筒を眺めている。

「水筒……？　何でこんなもの配ってるんですか？」

「朝食のとき土方さんが説明したそうですけど、聞いてなかったんですか？」

思わずため息をついて沖田を見上げた。土方の指示で、花は食事のときいつも一人で台所で食べている。そのため自身は聞いていなかったが、今朝土方から「説明はしたから水筒の準備をしとけ」と言われていた。

「朝餉《あさげ》のときなら聞いてないですね。私たちは昨日の夜から近藤先生のお供で出ていて、今帰ってきたばかりですから。ねえ、源さん」

沖田が言って、うしろを振り返る。そこでようやく、沖田の傍に三十半ばくらいの男が立っていたのに気づいた。

「あ、そうだ。この人が前に話した源さんですよ」

思い出したように言って、沖田が男を手で示す。

確か沖田たちの試衛館《しえいかん》時代の仲間で、副長助勤をしている人だったか。

「はじめまして、神崎花といいます」

「井上源三郎だ。きみの話は総司からよく聞いているよ」

頭を下げた花に、井上はにこりと笑って言った。沖田の噂話とは、嫌な予感しかしない。花は「悪口言いふらさないでくださいよ」と沖田を睨《にら》んだ。

「ははっ、悪い話ではないから大丈夫だよ。むしろ総司はきみのことを気に入ってるみたいだ」

「ちょ……源さん。何言ってるんですか」

珍しく動揺した様子で、沖田が井上を肘《ひじ》で突く。花はにわかには信じられず、疑いたっぷりに井上を見た。

「──あの、お話し中すみません。そろそろ出発なので、水筒を返していただきたいんですが……」

それまで黙っていた相田が、沖田をうかがいながら切り出す。沖田は相田を一瞥《いちべつ》すると、水筒の中身を一気飲みした。

「あーっ、何するんですか！　人数分しか用意してないのに！」

「知りませんよ、水でも飲ませておけばいいでしょう」

「ちょっと、何なんですかその態度。私と相田さんに謝ってください！」

「ぜーったい嫌です！」

そう言うなり、沖田は花に水筒を押し付けて去っていく。花は追いかけようとしたが、相田が「俺は水で大丈夫なので」と宥《なだ》めるように言うので、仕方なく諦《あきら》めた。

「総司が迷惑をかけてすまないね」

相田が巡察に向かったあと、井上が苦笑して言った。

「いえ。ただやっぱり、沖田さんが私を気に入ってるなんてあり得ないと思います」

沖田のいなくなった方を睨みながら、井上に答える。あんな嫌がらせ、気に入っている人間にすることではないだろう。

「……きみは以前、総司の陰口を叩いた隊士に、嘘をつくなと言ったそうだね」

「へ？　ああ、はい」

そういえば、そんなこともあった。佐々木とのやり取りを思い出しつつ頷《うなず》く。

「自分ではあまり気づいていないようだが、相当嬉しかったみたいで、何度もその話をしていたよ」

「え……でもそれ、別に沖田さんのために言ったわけじゃないんですけど……」

本人にも言ったが、別に沖田を庇《かば》ってやろうという気持ちがあったわけではない。ただ単に、佐々木が気に食わなかっただけなのだ。

慌ててそれを説明すると、井上は「だからだよ」と微笑《ほほえ》んだ。

「総司には剣の才があるが、そのせいで昔から人の注目を集めやすくてね。取り入ろうとしたり、妬《ねた》んで目の敵にしたりする者が多かった。……だからこそ、何の打算も下心もなく、間違っていることは間違っていると言うきみのまっすぐさが嬉しかったんだろう」

「……そう、ですか」

なんとなく、居心地が悪くて視線をさまよわせる。沖田の事情など少しも知らなかったし、あのときは本当に、思っていたことが口から出てしまっただけだった。

それなのに、さもいいことをしたように言われると、戸惑ってしまう。

井上は花を優しい目で見ながら、「まあ私は、佐々木くんをはじめ、総司を妬《ねた》む人の気持ちも分からないではないのだけどね」と呟《つぶや》くように言った。

「井上さんが……？」

さっき沖田と一緒にいたときの様子からは、とても考えられない。

思わず首を傾《かし》げて見上げると、井上は苦笑して話し始めた。

「私は年少の頃に天然理心流《てんねんりしんりゅう》に入門し、二十歳で目録《もくろく》、三十二になってようやく免許を受けることができた。だが総司は、十九の頃にはすでに天然理心流の免許を受けて、塾頭《じゅくとう》にまでなっていたんだ。あの子はもちろん人並み以上の努力をしていたが、それでも努力さえすれば、みな総司のようになれるわけもない。私が何年もかけて修得した技を、総司は隣で軽々とこなしていくんだ。最初は差があった剣の腕も、じわじわと縮められて、気づけば追い越されていた。……あの気持ちは、悔しいなんて言葉で言い表せるようなものではなかったさ」

そう言うと、腰に差した刀に手を伸ばし、そっと柄《つか》を握り締める。

「剣を習うとき、初めは誰しも『もしかすると自分には特別な才能があるかもしれない』と夢見るものだ。物語に登場する英雄のように、その腕一つで周囲を圧倒できるような強い男になれるかもしれないと。……だが次第に、否応《いやおう》なく己《おのれ》の器《うつわ》というものを知っていく。そんなとき、近くに本物の『特別な才能』があって、穏やかでいられる者などいはしない。必死でやってきた者ほど、激しく嫉妬《しっと》し、打ちのめされる」

井上の声は、静かだった。そこには怒りも悲しみもなく、ただ遠い過去を懐かしむような穏やかさだけがある。

こんな風に話せるようになるまで、どれほど葛藤《かっとう》を重ねてきたのだろう。

「京都行きの話が出たとき、私は初め、行かないつもりだった。私は学もなければ、剣の腕も並以下だ。八王子千人同心の家の三男に生まれて、そのままでは一生兄の厄介《やっかい》になりながら畑仕事をするくらいの道しかなかったが、それが平凡以下な自分の、身《み》の丈《たけ》に合った生き方のような気がしたんだ。……だが、近藤さんに一緒に来てくれと頭を下げられてね。こんな自分でも必要としてくれる人がいるのかと、胸が熱くなって――この人生、彼のために使いたいと、そう思ったんだ」

刀の柄から手を離して、井上は少し恥ずかしそうに微笑んだ。

「……すまない、いつの間にか自分語りになっていたね。歳をとると話が長くなっていかんな」

「いえ！　その……お話聞けて、よかったです」

とっさに首を横に振る。井上は、「そうか」と笑って屋敷の中へと戻っていった。

水筒を運ぶのに使った行李《こうり》を腕に抱えて、その背中を見送る。

今まで自分は、ここにいる人たちのことを知ろうとしてこなかった。知りたいと思ったことさえなかった。ここには一時的に身を寄せているだけで、いつかは現代に帰るつもりだったから。

今も、その気持ちは変わっていない。しかし、井上の話には心を動かされた。台所へと戻りながら、数人の隊士たちとすれ違う。

この時代にタイムスリップしてから、今までずっと、どこか夢の中にいるような気分だった。しかし、ここにいる人たちは確かに血の通った人間なのだ。

花はそのことに、今初めて気づいたような気がした。

「わっ」

うつむいて歩いていると、土間《どま》の前で中から出てきた人とぶつかった。

顔を上げた先には佐々木がいて、しかめ面で花を見ている。

「前見て歩けや」

そんなことを言う佐々木の手には開かれた和綴《わと》じの本があり、彼も前を見ず本を読みながら歩いていたことは一目瞭然《いちもくりょうぜん》だった。

一瞬、先ほどの井上の話が脳裏をよぎったが、すぐに打ち消す。たとえ佐々木が沖田に対し劣等感を抱いて葛藤していたとしても、それとこれとは関係ない。

「その言葉、そっくりそのままお返しします」

「何やて？」

きつく睨まれ、負けじと睨み返す。無言で火花を散らしていると、屋敷の門の方から「すんまへん！」と呼ぶ声が聞こえてきた。

佐々木と同時に、門に向かって歩き出す。

「付いてくんなや」

「自意識過剰ですね。誰も佐々木さんになんて付いていってませんよ」

言い合いながら門前に着く。

そこには二十代半ばくらいの女性と、付き人らしき小柄な男が立っていた。女性は色白で華奢《きゃしゃ》な美人だ。今にも消えそうな、儚《はかな》げな雰囲気がある。

「どちら様ですか？」

佐々木が尋ねると、女性は深々とお辞儀をする。

「菱屋《ひしや》の梅《うめ》と申します。芹沢先生はいてはりますでしょうか？」

芹沢と梅が言った瞬間、心臓がどきりと鳴った。久しぶりにその名前を耳にした。

「芹沢局長やったら、ここやなくてたぶん裏の八木家におると思いますけど」

「ああ、あっちやったんですね。どっちか迷ったんですよ」

梅の付き人が頭を掻《か》きながら言う。

「ほな伺ってみます。おおきに、ありがとうございました」

梅はもう一度頭を下げて、踵《きびす》を返す。しかし、歩き出そうとしたところで、足元の石に躓《つまず》いて転びそうになった。

反射的に花が腕を摑んで支えると、梅は「いたっ」と声を上げる。

「何してんねん。お前馬鹿力か？」

呆《あき》れたように佐々木が言う。花は慌てて摑《つか》んでいた腕を離した。

「す、すみません！　大丈夫で――」

言いかけて、途中で言葉に詰まる。梅の腕は痣《あざ》だらけで、手首には縄で縛られたような跡があった。

「これは……」

佐々木が小さく呟くと、梅は弾《はじ》かれたように背を向ける。

「……何でもありまへん。おやかまっさんどした」

そう言い残して、逃げるように去っていく。付き人の男も「ほな」と梅に続くように踵を返そうとしたが、佐々木が腕を摑んでそれを止めた。

「ちょい待ちや」

「あの痣なんですか⁉」

「ちょ……勘弁してくださいや。俺にも立場っちゅうもんがあるんです」

佐々木と花に詰め寄られ、付き人は困ったように視線をそらす。

「あないな痣、見過ごすわけにいかんやろ。誰がやったんや？　御役所に引き渡したる」

「御役所？」

なぜ犯罪者を役所に引き渡すのだろう。現代の役所を思い浮かべた花は、思わず首を傾げた。

「何ぼけとんねん。奉行所《ぶぎょうしょ》のことや」

佐々木の言葉に「ああ」と納得する。京では奉行所のことを御役所と呼ぶらしい。

「……御役所に言うても無駄ですよ」

付き人がため息混じりに漏らす。花が「どういう意味ですか」と問うと、仕方なさそうに話し始めた。

「お梅はんは菱屋の旦那のお妾《めかけ》はんなんやけど……その旦那、えらい内弁慶《うちべんけい》でな」

「それって、あの痣を作ったのは旦那さんだってことですか？」

付き人は花の問いを否定しない。

「な……っ！　あり得ない、その旦那さん！　最低！」

「ああ。自分の女に手え上げるやなんて、そいついっぺん死んだ方がええな」

隣で佐々木が頷く。花は目を丸くして佐々木を見た。

「……なんやねん」

「いえ……佐々木さんがそんなこと言うなんて、意外だなって思って」

「お前、俺のこと何やと思うてんねん」

男尊女卑《だんそんじょひ》の権化《ごんげ》だと思っていた、とは言えない。佐々木は腕を組み、「ええか」と花に向き直った。

「俺は女には絶対手え上げたりせえへん。たとえ相手がお前みたいな、失礼で生意気な女やったとしてもな。女は男の言葉に黙って従うべきやけど、そん代わり男は自分の命に代えても女を守ったらなあかんねん」

「へえ……」

黙って従えという部分は気になるが、決して女を軽《かろ》んじていたわけではなかったようだ。ほんの少し、見直した。

「ふふん。なんや、俺に惚れたか？　あいにくやけど、俺にはもうあぐりっちゅう女がおんねん。『三国志演義《さんごくしえんぎ》』に出てくるかの有名な美女、貂蝉《ちょうせん》も隣に並んだら霞《かす》むやろうっちゅうくらいの美人で――」

「そうですか、それは佐々木さんにはもったいない」

「おい、最後まで聞けや」

むっとしたように佐々木が眉を寄せる。

「……俺もう行ってもええですか？　お梅はん追いかけなあかんのですけど」

「いや、まだあかん。──さっきの御役所行っても無駄っちゅうのは、どういう意味なんや？」

それは花も気になっていたことだ。付き人は渋々といった風に、口を開く。

「旦那は外面《そとづら》がええし、町年寄《まちどしより》をやっとって御役所の信頼も厚いんです。訴えたかてどうせ相手にされまへん。最悪、御役所の連中が旦那に告げ口するかもしれへんし、そないなことになったら今よりもっと酷《ひど》いことされるようになります」

「……だから黙ってこのまま耐えてた方がいいって言うんですか？」

つい責めるような口調で聞くと、付き人は「ほな、どないせえっちゅうんですか」と花を睨んだ。

「お梅はんはもともと島原《しまばら》におったんを、金で買われて妾になっとるんですよ。──それとも、代わりにあんたはんがそん金払うてくれるんですか？」

尋ねられ、とっさに言葉に詰まる。

「何もできひんねやったら黙っといてください」

言い捨てると、付き人は今度こそ門前を離れて梅のあとを追いかけていった。

「あの、さっきの人が言ってたお金って、どれくらい――」

「やめとけ。身売りでもせな払える金額やない」

佐々木は花の言葉を遮《さえぎ》って、小さく息を吐く。

「菱屋の旦那については、ひとまず俺から土方副長に報告しとく。邪魔やから、お前は首突っ込むなよ。ええな?」

念を押すように佐々木に言われ、花はうつむいた。

正直この時代のことはまだ分からないことばかりで、自分の生活さえままならない状態だ。……だが、あんな怪我《けが》を見て、放っておくなどできない。

「おい、返事は?」

「したくない……」

そっぽを向いてぼそりと答えると、佐々木は顔を引きつらせた。それから頭をがしがしと掻いて、「ああもう!」と叫ぶ。

「ほな、菱屋と御役所のこととか、何か分かったら教えたるさかい! それでええやろ⁉」

「……本当に教えてくれます?」

「男に二言《にごん》はない」

頷いて、きっぱりと言う。その顔を疑うように見つめていると、ふと真面目な表情になって佐々木が口を開いた。

「俺かて、女にあない怪我さした菱屋の旦那は許せへんねん。せやから、俺が絶対なんとかしてみせるさかい、お前は自分の仕事をしっかりしいや」

佐々木はまっすぐな目で花を見つめる。佐々木自身のことはともかく、この言葉は信じていい気がした。

「……分かりました」

「よし。ほなさっそく副長んとこ行ってくるわ」

踵を返して、佐々木が屋敷の中に戻っていく。花は行李を台所に置くと、水を汲みに井戸へ向かった。

……島原にいたのを買われた、か。

この時代では、当然のように人が売り買いされている――。その事実を目《ま》の当たりにして、花は少なからずショックを受けていた。

時代劇などで見て、知識としては知っていたはずだった。だが、今自分がいる場所で、実際にそうしたことが起きているのだと考えたことはなかった。

井戸の前に着き、ため息をこぼして桶を投げ入れる。中に水が入ると、桶を引き上げようと縄に体重をかけた。

そのときふと目の前に影がさして、横から腕が伸びてきた。

「元気ないな」

顔を向けると、羽織を着た山崎がいた。山崎は花の持つ縄を摑んで、軽々と桶を引き上げる。

「あっ、ありがとうございます！　どこか出かけるんですか？」

「いや、今帰ってきたとこ。それよりため息なんかついて、何かあったん？」

「……いえ！　ちょっと水汲みが憂鬱《ゆううつ》だなって思ってただけです」

梅の事情を人に勝手に話すのは憚《はばか》られたので、とっさに誤魔化《ごまか》して笑う。

「お前、水汲みしたことないて言うとったもんな」

そう言って、山崎は何気なく花の手を見た。その目が驚いたように見開かれる。

「そんな手どないしたんや？」

「ああ、何度も桶運んでたら皮が剝けちゃって……あと、竈《かまど》の火でやけどしたり」

すっかりぼろぼろになった自分の手を見て苦笑する。山崎は顔をしかめた。

「あほ、早よ言いや。手当てしたるさかい、こっち来い」

そう言うと、屋敷の中に向かって歩き出す。

「これくらい大丈夫ですよ」

花は遠慮したが、「ええから来い」と今度は少し強い口調で言われる。ここは素直に厚意《こうい》に甘えようと、山崎のあとを追った。

「すみません、面倒かけてしまって」

手のひらを洗ったあと、山崎に手当てをしてもらいながら花は頭を下げた。

「世ん中持ちつ持たれつなんやから、気にせんでええ」

どういう意味かと首を傾げると、山崎は花の手に薬を塗りながら言葉を続ける。

「誰の助けも借りんと、一人で生きてけるやつなんかおらんやろ。せやから人に迷惑かけへんようにて思うんやなくて、自分が人に助けられた分、誰かが困っとると き助けてやればええねん」

薬を塗り終えた山崎が、上から丁寧にさらしを巻き始める。

「そうですね……」

山崎の考え方はあたたかくて、なんだか肩の力が抜けた。

「ありがとうございます。山崎さんって優しいですよね」

今日だけでなく、ここで暮らすようになってから、山崎はよく声をかけてくれたりと自分のことを気にかけてくれている。

思わず笑顔になって言うと、山崎が顔を上げた。

「……そないなことないよ」

微笑んで言って、すぐに視線を花の手に戻す。それから手当てを終えるまで、山崎は黙ったままだった。

▷▷▷▷▷▷▷▷▷

花の手当てを終えたところで、山崎は土方に呼ばれた。山崎は数日前、正式に監《かん》察方《さつがた》に任命されて市中の情報探索に出ており、その報告があったからだ。

「――あと、芹沢局長らの押し借りは噂になっとるみたいですね」

もろもろの報告を終えたあと、付け足すように言うと土方はため息をついた。

「最近は生糸《きいと》の価格が高騰《こうとう》してるせいで、どこも景気が悪いからな……。多少強引にいかねえと、どこも金を貸してくれねえのは確かだ。しかしあんまりやり過ぎて隊の評判を落とされたら、会津侯《あいづこう》に顔向けできねえんだが」

そうこぼして、「そもそもなんでこんな値が上がってんだ？」と首を傾げる。

「大和屋《やまとや》の庄兵衛《しょうべえ》いう生糸商が買い占めとるせいらしいです」

山崎が答えると、土方はろこつに顔をしかめた。庄兵衛は儲《もう》けのためなら平気で人を騙す、悪評高い男でもあった。

「……まあその件は今は様子見でいい。あとは神崎の調査についてだが、前回の報告から何か進展はあったか？」

尋ねられて山崎は、「いえ」と目を伏せた。

花がここで暮らすようになってから約十日。その間山崎は、花が働いていたという店や花自身について調べていたが、今のところ何の情報も得られていなかった。京に桔梗《ききょう》という名の料理屋はない。そして、山崎が前川家で初めて会ったとき以前に、花の姿を見かけた者も今のところ見つかっていない。あれほど目立つ格好をしていたにもかかわらず、だ。

そうなると、あの格好は前川家に入る直前に着替えたと考えるのが自然だろうが、わざわざそんなことをした意味は分からない。

「ひとまず今は、神崎自身から情報を引き出す方向で動いてます」

「ああ、それでいい。……そっちの方は順調みたいだしな」

先ほど花と二人でいたのを思い出してか、土方が言う。山崎は思わず苦笑いした。

花は自分が探られているとは露《つゆ》ほども思っていないようで、すっかり山崎に心を許していた。行動を制限されていることからして、自分が信用されていないことくらいは分かっているだろうに、花には警戒心というものが少しも感じられない。

……調べる側の人間からすると、これ以上ないほどにやりやすい相手だが。

「ところでさっき頼んだ菱屋の調査だが、佐々木にも伝えておけ」

「佐々木にですか？」

「ああ、報告してきたのはあいつだからな。今朝菱屋の妾が訪ねてきて、神崎と応対していたときに痣に気づいたらしい」

「そうでしたか」

ほんなら神崎への口止めもしとかなあかんな。

梅という妾への暴行の調査は、本来であれば御役所の領分だ。それを出しゃばって調査したうえ、町年寄に嫌疑《けんぎ》をかけていると気づかれれば、面倒なことになりかねない。こちらの動きは悟《さと》られないよう、慎重に調査を進める必要があった。

「佐々木は調べるなら加わりたいと言っていた。監察方も手一杯だろうし、手伝わせろ」

土方はそう言うと、話を畳んで山崎に退室を促《うなが》した。

部屋を出てしばらく歩くと庭に面した廊下に出る。何気なく庭にある井戸を見て、先ほどそこで花と話したことを思い出した。

ああ、そうか。花が落ち込んでいたのは、梅のことを知ったからだったのか。

あのときなんとなくはぐらかされたような気がしていたのだが、ようやく合点《がてん》がいった。――と同時に、苦いものが込み上げてくる。

他人のことを心配している場合か。もしも花が隊に害なす存在だと判断すれば、土方は躊躇《ちゅうちょ》なく彼女を始末するだろうに。

「……まあ、俺には関係ないことやけど」

小さく呟いて、視線を戻す。静かな廊下に、蟬の鳴く声がやたらと響いて聞こえた。

▷▷▷▷▷▷▷▷▷

七月も半ばを過ぎたある日。洗濯を終えた花は、縁側に座って昼食のメニューを考えていた。

京の夏は暑いものだが、ここ数日はとりわけ酷《ひど》い。そのせいで隊士たちの食欲が落ちてきていて、土方に「何とかしろ」と言われてしまったのだ。

夏バテ対策に一番いいのは豚肉だが、この時代、豚肉を手に入れるのは難しい。素麺《そうめん》や蕎麦《そば》、うどんも食べやすくていいが、隊士たち全員の分を麺から作ろうと思うと、今からでは時間が足りない。

「神崎さん、棒手振《ぼてふ》りが来てますけど」

悩んでいたところで、隊士が声をかけてきた。花は食材を見て決めようと、すぐに門へ向かった。

「あっ、きゅうりがある！」

棒手振りの持ってきた野菜の中にきゅうりがたくさんあるのを見て、花は思わず声を上げた。ここへ来てからきゅうりを見たのは初めてだ。

というのも、きゅうりの断面が八坂神社の紋に似ていることから、祇園祭の間、京の人はきゅうりを食べないからだ。

明治五年まで使われていた天保暦《てんぽうれき》が、グレゴリオ暦に改暦されたため、現代では祇園祭は七月に行われるが、この時代は「祇園御霊会《ごりようえ》」と呼ばれ、六月に行われている。今ならきゅうりを食べても問題ないはずだ。

花は棒手振りからきゅうりを十本買い、宮崎の郷土料理「冷汁《ひやじる》」を作ることにした。具材はきゅうりと鯵《あじ》の干物、大葉、みょうが、そして豆腐にするつもりだ。豆腐にはビタミンB_1、B_2、タンパク質など栄養素がたくさん入っていて、夏バテに効く。

冷たくさっぱりしていて食べやすい上に、夏バテ対策にもなるのだから、土方も文句はないだろう。――そう、花は考えていたのだが。

「おい、神崎！　お前何してんだ！」

たまたま台所を通りかかった土方は、土間できゅうりを洗っていた花を見るなり怒鳴り声を上げた。

「へ？　何って、昼ご飯に使うきゅうりを洗ってるだけですけど……」

「武士がきゅうりを食えるか！　何考えてんだ、お前は！」

土方が舌打ちして去っていく。あっけにとられていると、土方と一緒にいた山崎が苦笑した。

「きゅうりの断面は葵《あおい》のご紋に似とるさかい、徳川家《とくせん》に仕える武士は食べへんねん」

「えぇー、せっかく冷汁作ろうと思ったのに……」

「きゅうりないと作られへんの？」

「そんなことはないですけど、いろどりも悪いし、食感も変化がなくておいしくないと思います。せめてなすとかあればよかったですけど、今、野菜切らしてて」

きゅうりにお金を使ってしまったため、買いなおすには予算が厳しい。途中まで作ってしまっているので、今さら別の料理にすることもできない。

「ほなちょっと待っとき」

困りきっていると、山崎はきゅうりを風呂敷に包んで土間を出て行く。しばらくして帰ってきた山崎は、きゅうりの代わりに大量のなすを抱えていた。

「どうしたんですか、これ⁉」

「近所で交換してもらってきた。これで作れる？」

「山崎さんすごい！　わらしべ長者！　ありがとうございます！」

飛び上がらんばかりに喜ぶ花に、山崎は「大げさやな」と笑った。

花はさっそく貰《もら》ったなすを洗うと、切って塩もみし、ミョウガと大葉を千切りにする。それから煎《い》ったごまとほぐして骨を取り除いた鯵の干物、味噌を一緒にすり鉢ですり、焼き目をつけたものに、冷たいだし汁を加えた。そこへさらに、水切りしておいた豆腐となす、ミョウガ、大葉を加える。

「あとはご飯にかけて……完成！」

「これやったら、暑くても食いやすそうやな」

ついでだからと手伝ってくれていた山崎が、完成した冷汁を見て言った。

「味見してみます？」

聞いてみると頷いたので、一匙すくって差し出す。山崎は顔を寄せて、花の手から直接食べた。匙を手渡すつもりだった花は、驚いて目を見開く。

「……ん、うまい」

至近距離で言って、山崎が微笑む。花は顔が熱くなるのを感じて、慌てて距離をとった。

「そっ、それはよかったです！　それじゃあ器によそいましょうか！」

山崎はときどきこういうことをしてくるのだが、別に下心があるのではなく、自然にやっている風なのでたちが悪い。

花は山崎に背を向けると、棚から器を取り出しながらこっそり深呼吸した。

きゅうりの代わりになすを使った冷汁は、結果として隊士たちに好評だった。久しぶりに「おかわり」の声も聞こえて、土方にも何も言われずにすんだため、花はほっと胸を撫で下ろした。

そして昼食が終わり、片づけをしていたとき。

「菱屋の件で話がある。ちょっと顔貸せ」

花のもとへ佐々木が訪ねてきた。慌てて手を拭くと、土間を出ていく佐々木のあとを追いかける。

約ひと月前、菱屋太兵衛《たへえ》が妾の梅に暴力を振るっていると分かってから、花は約束通り、佐々木から調査の報告を受けている。

しかし調査は奉行所に気付かれないよう秘密裏に行わなければならず、佐々木を含めた調査メンバーには箝口令《かんこうれい》が敷かれているらしい。そのため、こうして報告を聞くときには、人目につかない場所へ移動することにしている。

「――結論から言うと、今回も進展はなしや」

屋敷の奥庭へ移動するなり、佐々木が言った。

「またですか……」

「しゃあないやろ。そない簡単にはいかへんねん」

「分かってますよ。だから文句は言ってないじゃないですか」

「口に出してへんでも顔が言うてんねん」

「被害妄想はやめてください」

花と佐々木はじっと睨み合い――どちらからともなくため息をついた。

「こないしょうもない喧嘩《けんか》しとる場合とちゃうな」

「そうですね……」

佐々木たちが調査したところ、やはり梅は太兵衛に暴力を振るわれていた。だが厄介なことに、太兵衛は奉行所の中でも町奉行に次いで権力の強い、年番方《ねんばんかた》と懇意《こんい》にしているようだった。梅の付き人の言っていた通り、これでは奉行所に訴えても聞き入れてもらえない可能性が高い。

ならば先に梅を保護したらどうかという話にもなったのだが、保護したのちに太兵衛を裁けなかった場合、いずれは梅を太兵衛の元へ返さなければならなくなる。そうなると、梅の立場が今よりも悪くなり危険だということで、他の調査メンバーたちに却下《きゃっか》されたらしい。

「にしても、まさか荘司《しょうじ》はんと太兵衛が従兄弟《いとこ》同士やったなんてなあ」

苛立《いらだ》たしげに言って、佐々木が頭を掻く。佐々木の言う荘司とは前川家の当主で、今花たちのいる前川家の持ち主のことだ。江戸時代では自白さえ取れれば人を裁けるらしく、太兵衛から強引にでも自白を取ったらどうかという話にもなったのだが、壬生浪士は前川家から無償で屋敷を借りており、世話になっている人の縁戚《えんせき》に手荒な真似はできないということで、この案もまた却下されてしまったのだ。

「太兵衛さんと年番方の人って、そんなに仲がいいんですか？」

「八日にいっぺんは島原に集まって飲んどるみたいや。……ただこれが、人払いしよったり、なんや怪しい感じがすんねん」

「へえ……」

何か悪だくみでもしているのだろうか。考えてふと、思いつく。

「もし太兵衛さんたちが何か悪いことを計画してたとして、それを掴めたら、まとめて全員捕まえるか、できなくてもばらすぞって脅《おど》してお梅さんを助けられるんじゃないですか⁉」

「……お前、意外と腹黒いとこあるよな」

感心したような、それでいて呆れたような、複雑な表情で佐々木が花を見る。

「だめですか？　この案」

「いや、俺は正直ありやと思う。とりあえず脅すことは伏せて相談してみるわ」

そう言うと佐々木はさっそく踵を返した。

「ほな許可下りたら、これからは太兵衛の会合調べてみるさかい」

「分かりました。よろしくお願いします」

軽く頭を下げて、佐々木と別れる。花は皿洗いで甕《かめ》に溜めていた水がなくなりかけていたことを思い出し、ついでに汲んでおこうと井戸へ向かった。

桶を井戸の中に放り、水が入ったのを確認すると引き上げる。ここへ来たばかりの頃は水の汲み方さえ知らなかったのに、もうすっかり手馴れたものだ。

この時代に来てから、もうひと月以上がたつ。初めは分からないことばかりだったが、次第にここでの生活にも慣れつつあった。

それ自体はいいことなのかもしれない。しかし花は、そんな自分に時おり焦《あせ》りを感じることがあった。

この時代に順応すればするほど、現代が遠のいていくような気がする。

いつかは現代に帰れるのだろうか。――もしかして、ずっと帰ることができないまま、ここで歳を取り、死んでいくのではないだろうか。

頭に浮かんだ恐ろしい想像に、花は頭を振った。

大丈夫。来ることができたのだから、帰ることだってできるはずだ。言い聞かせるように胸の中で繰り返して、顔を上げる。

今日は芹沢のところへ行ってみよう。今までずっと勇気を出せないでいたが、自分から動かなければきっと何も変えることはできない。


皿洗いを終えると、花はすぐに八木家へ向かうことにした。草履《ぞうり》を持って廊下を歩き、途中で通りかかった藤堂の部屋を訪ねる。

「藤堂さん、ちょっとすみません」

「ん？　どうしたの？」

藤堂は壁にもたれて座って、本を読んでいたようだ。

「今から八木家に行きたいんですけど、いいですか？」

部屋の外に立ったまま尋ねる。花は前川家を出る際には、副長助勤の誰かに許可をもらうよう言われていた。特に用もないので外に出ることは滅多《めった》にないが、必要なときはいつも藤堂か井上のところへ頼みにいくようにしている。

「いいよ。それにしても、土方さんもそろそろ外出くらい好きにさせてくれればいいのにね。毎回面倒でしょ」

藤堂の言葉に、思わず苦笑する。

「そうですね。読書の邪魔しちゃうのも申し訳ないですし」

藤堂は勉強家なのか、部屋を訪ねるときはいつも、本を読んだり書き物をしていたりする。

「何の本を読んでたんですか？」

「朱子学《しゅしがく》の本だよ」

「朱子学？」

「うん。たとえば朱子学の『性即理説《せいそくりせつ》』っていうのは、人の本性は理であるっていう意味なんだけど、理と気は切り離せないもので、この気によって人の心は乱されてしまうんだ。だから常に自分を統御《とうぎょ》すべきっていうようなことが説かれていて……」

……分かったような、分からないような。

「藤堂さんって頭がいいんですね」

「そんなことないよ。でも学問ってすごく大切なのに、隊にはあまり熱心に学ぼうとする人がいないんだよね。山南さんとか近藤さんは違うけど」

「すみません……。私は人のこと言えないです」

学生時代を思い出して、つい視線をそらす。藤堂は少し笑って、花を見上げた。

「学問は世の中を生きていく上での、剣や鎧《よろい》だと思うんだ。無くても生きてはいけるけど、戦うすべも身を守るすべもなければ、強者に搾取《さくしゅ》され、虐《しいた》げられてしまう」

「……そうですね」

一概《いちがい》には言えないが、現代でも同じことが言える気がする。

花は藤堂の言葉に頷いた。

「それに、俺はこのまま一介の剣客で終わりたくないんだ。せっかくこうして京都守護職の御預かりになれたんだし、絶対にのし上がってやりたい」

藤堂はその見た目や物腰の柔らかさから、どちらかと言うと大人しい印象があったのだが、意外に野心家だったようだ。

「偉くなって何かしたいことがあるんですか？」

「……うん。俺、父親を見返してやりたいんだ」

真剣な顔で藤堂が返す。父親が厳しい人なのだろうか。

「そうなんですね……頑張ってください！　応援してます！」

「あはは、ありがとう」

こぶしを握って言った花に、藤堂が笑う。花は「それじゃあ」と軽く頭を下げて、部屋の前を去った。

八木家に着くと、雅が出迎えてくれた。

「あの、芹沢さんっていますか？」

「はい。せやけど朝方帰らはったみたいで、まだ寝てはります」

「そうですか……」

また飲みに出かけていたのだろうか。それなら昼過ぎくらいまで起きてこないだろうし、出直した方がいいかもしれない。

「そうや。今日はうっとこの子みんなおるさかい、挨拶してもろてもええどすか？」

思いついたように雅が言う。

そういえば、この時代に来てすぐ、雅に世話になったときそんな約束をしていた。

「はい、ぜひ」

頷くと雅に中へ入るよう促される。すると花たちの会話を聞いていたのか、玄関を上がってすぐ左手にある部屋から、兄弟らしき少年が二人顔を出した。

「お客はん？」

「前川さんとこで料理人してはる神崎花はんやで。二人とも挨拶しい」

雅が言うと、二人は部屋を出て花の前へと歩いてくる。

「はじめまして、俺は八木為三郎。歳は十四や」

兄の方は物怖《ものお》じしない性格なのか、ハキハキと自己紹介する。対して弟は――。

「……勇之助」

それだけ言うと、すぐに兄の陰に隠れてしまった。恥ずかしがり屋なのだろうか。

「勇之助、お前もう九つやろ？　ええ加減、人見知り直さな、秀兄《ひでにい》みたいになるで」

為三郎が勇之助の頭を軽く叩く。名前は忘れてしまったが、確か雅は息子が三人いると言っていた。おそらく為三郎の言う『秀兄』が長男だろう。

「はじめまして、これからよろしくね」

ひとまず二人に笑顔で挨拶する。為三郎は「うん！」と元気よく答えたが、勇之助は控えめに頷くだけだった。

「秀二郎はんは部屋やろか？　すんまへん、ちょっとここで待っとってください」

雅が言って、部屋を出ていく。花はただ黙って待っているのもなんだし、とあまり期待はせずに二人に芹沢のことを聞いてみることにした。

「ねえ、二人はここに住んでる芹沢鴨《かも》って人と話したことある？」

「あるで。たまにやけど一緒に遊んでくれたりするし」

「えっ、本当に⁉」

思いもよらなかった返事に、つい前のめりになる。

「芹沢さんのこと、どんな人だと思う？　遊ぶって、何して遊ぶの？」

「うーん、俺は無口な人やなって思う。遊ぶんは絵描いたり、魚釣ったり」

「……芹沢はん、絵うまい」

為三郎のうしろで勇之助も付け足す。

無口なのは父親と同じだ。しかし絵はどうだっただろう。器用だったから、もしかすると上手だったかもしれないが——。

「お花はん、お待たせしました」

声がして顔を向けると、雅と二十歳くらいの青年が部屋に入ってきた。青年は花と目が合うと、

「ど、どうも……。はじめまして、秀二郎どす」

小さな声で言って頭を下げた。身体が細く、気弱そうな青年だ。花が挨拶すると、それに対しても「よ、よろしくお願いします……」とどもりながら返した。

「えーっと……秀二郎さんは、普段何されてるんですか？」

自分が黙っていると沈黙が続きそうだったので、当たり障《さわ》りのなさそうな話題を振ってみる。

「父が村の行司《ぎょうじ》役をしとるさかい、その手伝いと……あと、お茶について学んだ

り」

「お茶？　茶道のことですか？」

「それもどすけど、茶葉の育て方やったりお茶の淹《い》れ方やったり、お茶に関係あることやったら何でも興味あるみたいどす。昔からえらいお茶が好きやって」

雅が苦笑しながら説明してくれる。

「へえ、そうなんですね」

自分にとっての料理のようなものだろうか。花は少し、秀二郎に親近感を覚えた。

もっと話を聞こうとしたところで、秀二郎が「あっ」と声を上げた。視線を追うと、そこには梅と付き人の姿がある。梅は花を見て少し驚いた顔をしたが、すぐに何事もなかったように頭を下げた。

「お久しぶりどす。芹沢先生はいてはりますやろか？」

「えっ、あ、はい！　ただ、まだお休みになってるみたいで……」

どうしたらいいだろうと秀二郎をうかがう。秀二郎はこれ以上ないほどに顔を赤くして梅を見ていた。

「一応起きてはるか見てきまひょか」

雅が言って、屋敷の奥へ向かう。為三郎と勇之助もそのあとを追い、玄関には梅たちと花となぜか顔を赤くして固まっている秀二郎が残された。

「あの……お梅さんは何の用で芹沢さんに？」

ひとまず秀二郎はそっとしておいて、梅に尋ねてみる。

「羽織作った代金の支払いがまだやさかい、いただきにあがりました」

「えっ!?　それって先月からずっとですか？」

「先月、神崎はんにお会いした日の分は、いただいとります。せやけど代金小出しにしはったり、払い終わった思うたらすぐに新しい注文しはるさかい、あれからしょっちゅうこちらに参っとります」

梅が答えると、付き人がこれみよがしにため息をついた。

「正直言うたら迷惑しとるんです。あんたはんから、せめて注文は纏《まと》めてしたってくれて言うてくれまへん？」

「その必要はない」

突然、背後から聞こえた声に、花は飛び上がりそうになった。振り返るとそこには、着流し姿の芹沢が立っている。

「今日はこれだけしかない。足りない分は明日渡す。――それと、また隊服の羽織を一枚頼みたい」

芹沢が持っていた巾着から金を出しながら言う。

「……分かりました」

何か言いたげな顔をしながらも、梅は芹沢から金を受け取った。

そのとき、「お、お梅はん、顔に傷が……！」と秀二郎が悲鳴のような声を上げた。よくよく見ると、確かにこめかみ辺りに小さな切り傷がある。梅はさっと手で傷を隠した。

「これは——転んで切ってもうたんどす。たいしたことないさかい、気にせんとってください」

「あきまへん。薬持ってきますさかい、そこに座って待っとってください」

こんな声も出せたのかと驚くほどはっきり言って、秀二郎は近くの棚へ向かった。梅は戸惑ったような顔をしながらも、言われた通り玄関の上《あが》り框《かまち》に腰を下ろす。

「……こちらにいるのは珍しいな」

何か手伝えることはないかと、秀二郎の傍へ向かったところで、芹沢が聞いてきた。まさか芹沢の方から話しかけてくるとは思わず、緊張しつつ頷く。

「あの……ところで、さっきお梅さんたちが言ってたことなんですけど、どうして代金や注文を小出しにするんですか……？」

梅たちに聞こえないよう小声で尋ねる。

「あの女、旦那に暴力を振るわれているのだろう」

「芹沢さん、知ってたんですか？」

「直接聞いたわけではないが、以前菱屋に行ったときの二人の様子と腕の怪我を見て、大方そうなのだろうと思っていた」

「それじゃあ何度も八木家に来させてるのは、お梅さんの様子を見るため……？」

「……ああ」

芹沢が頷く。それを見た途端、胸の中に安堵《あんど》のようなものが広がった。

芹沢と父親が何か関係あるのかまだ分からないが、それでも父親とそっくりな顔をしたこの男の優しい一面を知れたことは嬉しかった。

「あの――芹沢さんって、十年前何をしてました？」

思い切って尋ねてみると、「なぜそんなことを聞く？」と逆に聞き返される。花は十年前の誕生日に父親が失踪して、今も見つかっていないことを説明した。

「……どんな父親だった」

「とても腕のいい料理人でした。無口であまり感情を表に出さない人でしたけど、一緒に料理を作ってくれたり、優しいところもあって――」

花は父親のことを思いつく限り話した。その話を芹沢は、口を挟むことなく黙って聞く。しかし結局、十年前に何をしていたかは教えてくれず、もう少し寝ると部屋に戻ってしまった。

　薬を塗り終えると、梅は礼を言って早々に帰ろうとした。それを秀二郎が止める。

「ま、待ってください。帰ったら、また酷い目に遭うんどっしゃろ……？　そやったら――こんまま、うっとこにおりまへんか？」

　どうやら秀二郎も梅が太兵衛に暴力を振るわれているのを知っていたらしい。梅は驚いたように目を見開いた。

「あっ、その、へ、変な意味やなくて……！　ただ俺は、お梅はんが心配で……ここおってくれはったら、安心やし……そやから……」

　秀二郎の声はどんどん尻すぼみになっていく。

「……おおきにありがとうございます」

　梅が言って、深々と頭を下げる。

「そやけど、そないな気遣いはいりまへん。うちのことはどうぞ放っといておくれやす」

　梅の声は静かだったが、どこか冷ややかな響きがあった。固まる秀二郎に背を向けると、玄関を出ていく。

秀二郎は呼び止めようとするように口を開けたが、結局何も言わなかった。小さくため息をついて、付き人が梅のあとを追う。

「中途半端に首突っ込むんは、やめてくれまへんかね……」

去り際に呟いた付き人の言葉に、秀二郎はうつむくだけだった。


前川家に戻った花は、梅のことを考えながら廊下を歩いていた。

――梅はどうして秀二郎の申し出を断ったのだろう。どうせいつかは太兵衛のもとへ戻らなければならないからだろうか。

だが梅も、このままでいいと思っているはずはない。秀二郎の手を借りて、なんとか現状を打開しようとは考えなかったのだろうか……。

「お前は……自分が非番だからって、なんで俺の部屋に来るんだ」

開けっ放しの障子の向こうから、声が聞こえてきた。

「だってー、近藤先生はお仕事中だし、原田さんたちも巡察だし、暇なんですもん」

「おい、俺も仕事中だぞ。見て分かんねえのか」

どうやら声の主は土方と沖田のようだ。見つかると面倒なことに巻き込まれかねないが、この部屋の前を通らなければ自分の部屋へ戻れない。

花はこっそり部屋の中をのぞいてみた。土方は文机《ふづくえ》に向かっており、沖田もそちらを向いたまま寝転がって碁石《ごいし》を弾いて遊んでいる。これなら気づかれなさそうだ。

足音をたてないよう、そっと足を踏み出す。——しかし次の瞬間、

「おっと、手が滑った」

パチンと音が響いて、沖田の弾いた碁石が花の額《ひたい》に命中した。

「いたっ！」

「あれ、神崎さんじゃないですか。こんな所で何してるんです？」

「部屋に戻ろうとしてただけです。というか、先に謝ってください！」

起き上がりもせず顔だけこちらに向けた沖田を、痛みで潤《うる》んだ目で睨む。沖田はわざとらしく心配そうな顔を作って首を傾げた。

「どうしたんですか？　おでこが真っ赤ですよ？」

「沖田さんがやったんでしょう！」

腹が立って、当てられた碁石を投げつける。沖田は顔面目がけて飛んできた碁石を、笑いながら片手で難なく受け止めた。

「おい、お前らうるせえぞ！」

不意に土方が机を叩いて怒鳴る。花はその剣幕《けんまく》におののいたが、沖田は笑顔のま

まで、「そんなに怒ったらせっかくの男前が台無しですよ」などと茶目っ気たっぷりに言って、土方の背中を指先でつついた。この人に怖いものはないのだろうか。

「――お前ら二人とも、今すぐ出てけ‼」

とうとう筆を置いて、土方が立ち上がる。

「まずいっ！　逃げろ！」

沖田はぱっと身体を起こし、花の腕を引いて走り出した。

「ちょっと、沖田さん！　どこ行くんですか⁉」

「いいから、いいから！」

軽く笑いながら、沖田は走り続ける。花は足がもつれそうになりながらも、必死で付いていった。


「神崎さん、あそこで団子売ってますよ！　ちょっと寄って行きません？」

「行きません」

目を輝かせて袖を引いてくる沖田に間髪《かんはつ》入れずに答える。わけも分からないまま町まで引っ張ってこられたが、何が楽しくて沖田とお茶しなければならないのか。

沖田は花の態度に拗《す》ねたように口を尖《とが》らせた。

「そんなに怒らなくてもいいじゃないですか。いつも屋敷にこもってばかりですし、たまには身体も動かさないと」

「許可がなくても屯所を出られるなら、私だってもう少し外出してますよ」

「あーっ、見てください！　おしるこ売ってますよ！」

わざとなのか素《す》なのか、沖田は花の言葉を無視して近くの茶屋を指さした。思わずげんなりしてため息をつく。

「──また壬生浪《みぶろ》が暴れとるらしいな」

そのとき、どこからか声が聞こえてきた。周囲を見回すと、近くを歩く二人組の男が目に留まった。

「ああ。さっき見たけど、一人死人が出たみたいやったで」

「……え？」

足を止めた花の横で、沖田が男の腕を摑む。

「すみません。死人が出たとは、壬生浪にですか？」

男は突然話しかけてきた沖田を、訝《いぶか》しそうに見ながらも頷いた。

「浅葱《あさぎ》の羽織着とったさかい、そうやろな。頭からばっさり斬られとったで」

男の言葉を聞いて、花は全身から血の気が引くのを感じた。

今の時間、巡察に行っていたのは誰だったろう。

巡察前に水筒を配ったときのことを思い出す。確か三隊に分かれていて、それぞれ隊長は永倉と原田、佐伯だった。

「邪魔だ、どけ！」

不意に辺りに怒鳴り声が響いた。どよめきと共に前方にいた人たちが右左に逃げていく。見通しのよくなった視界に、こちらに向かってくる刀を持った男と、それを追いかける隊士たちの姿が映った。

「沖田先生！」

隊士の一人が叫ぶ。刀を持った男はすぐそこまで迫っているが、金縛りにあったように身体が動かない。

「下がりなさい」

沖田が言って、一歩前に足を踏み出した。

次の瞬間、視界が真っ赤に染まる。顔に生温かい飛沫《しぶき》がかかり、目の前の男が糸の切れた操り人形のように、ゆっくりと地面に倒れた。

男の前には、抜身《ぬきみ》の刀を持った沖田の姿がある。花はその光景を呆然と見つめた。

――沖田が、男を斬ったのだ。それを理解するのに、少し時間を要した。

花は束《つか》の間《ま》言葉を失って、倒れたままピクリとも動かない男を見下ろした。

「あ、の……」

おそるおそる声をかけて、男の傍《かたわら》に膝をつく。横向きに倒れた男の身体を軽く揺すってみたが、反応はない。花は男の顔を見ようと、軽く肩を引いた。

身体がごろんと仰向《あおむ》けに転がり、大きく見開かれた二つの瞳がこちらを向く。

「――っ！」

声にならない悲鳴を上げて、男から手を離す。距離を取ろうとして、バランスを崩し、尻餅をついた。男はその間も、瞬《まばた》き一つせず何もない宙を見つめ続けていた。

「すみません、沖田先生。助かりました」

「いえ、構いませんよ。それより誰かが斬られたと聞いたのですが」

駆け寄った隊士たちと沖田の話す声が聞こえるが、何も頭に入ってこない。

「大丈夫ですか？　残党がいるかもしれませんし、離れていた方がいいですよ」

隊士の一人が花の前にしゃがみ込んで言った。やっとの思いで顔を上げて、傍に立つ沖田を見上げる。視線に気づいた様子で、沖田も花へ目を向けた。

人を斬ったばかりにもかかわらず、沖田の顔には少しの動揺も見られなかった。

頭が真っ白になり、気づけば花は、沖田たちに背を向けて走り出していた。

「神崎さん……⁉」

呼び止めるような声が聞こえたが、足は止まらない。必死で走って、息が切れて苦しくなっても、ただひたすらに走り続けた。

ようやく立ち止まった頃には、花は田畑の広がる見知らぬ場所にいた。崩れ落ちるように、その場にへたり込む。

脳裏《のうり》に先ほどの凄惨《せいさん》な光景が焼きついていて、離れない。

「う……っ」

吐き気が込み上げてきて、両手で口を押さえる。そこで初めて、自分の身体が震えていたことに気づいた。

「——神崎」

聞こえた声に、振り返る。そこには隊服を着た山崎の姿があった。

「捜したで。急に走っておらんくなるさかい」

山崎はゆっくりと歩いて来て、花の隣にしゃがみ込む。

「……人が斬られるとこ、初めて見たん？」

静かな声で尋ねられ、花は黙って頷いた。山崎は「そうか」と小さく息をつく。

「怖かったやろ。……酷《こく》なもん見せたな」

山崎が花の背に手を添える。優しく背中を撫でられると、勝手に涙が溢《あふ》れてきた。止めようとしても、涙腺《るいせん》が壊れてしまったように次から次へと涙がこぼれる。

「――なんで、止まらな……」

「……無理に泣き止《や》もうとせんでええから。泣きたいだけ泣き」

山崎は慰《なぐさ》めるように花の背を撫でる。花は唇を嚙んで、嗚咽《おえつ》を堪《こら》えて泣いた。

しばらくして泣き止んだあと、花は屯所へ帰る道すがら山崎に尋ねた。

「山崎さんは慣れてるんですか？　さっきみたいなの……」

「……そうやな」

「それじゃあ……山崎さんも、人を斬ったことがあるんですか？」

ためらいがちに聞くと、山崎は頷く。

「俺は進んで人を斬りたいとは思わへん。けど、必要やて判断したら迷わず斬る。せやから沖田さんがあの男を殺したことも、俺は何も言われへん」

「――でも、殺した人とかそのご家族の気持ちを考えたら、胸が痛みますよね？」

「それは……」

何か言いかけたところで、目が合った。山崎は少し黙って、目を伏せる。

「……人を殺すことは、確かにええことないと思う。せやけどそない中途半端な憐《あわ》れみ向けるくらいやったら、はなから殺さん方がええやろ。腰に刀なんか差さんと、襲われたら潔《いさぎよ》う死んだったらええねん」

そう言って、山崎は薄く笑《え》む。

「……期待しとった答えとちゃうかった?」

花は口を開いて——結局何も言えないまま閉じた。そんな花に、山崎は苦笑する。

「俺はお前が思うとるようなやつとちゃうよ」

▷▷▷▷▷▷▷▷▷

斬った男の後始末を少し手伝ってから、沖田は一人で帰路に就いた。

今日着ていたのがこの色の着物でよかった。歩きながら返り血のついた袖へ目を向ける。藍色《あいいろ》の着物は血の色をうまく隠してくれていた。

ただ錆《さ》びた鉄のような血の臭いだけは、いつまでも身体に付きまとって離れない。

——この臭いが気にならなくなったのは、一体いつからだったろう。

沖田はふと、そんなことを考えた。

初めて人を斬った日のことは、今でも鮮明に思い出せる。あれは近藤たちとともに上洛《じょうらく》を果たして、ひと月がたったある夜のことだった——。

▷

「――総司、今夜殿内《とのうち》を殺るぞ」

弥生《やよい》も終わりに近づいてきたある日の朝、部屋を訪れた沖田に土方が声をひそめて言った。

殿内義雄《よしお》とは将軍警護のため、ともに江戸から上洛してきた浪士組の一員である。名主《なぬし》の家に生まれ、上洛以前は結城《ゆうき》藩主の水野勝知《みずのかつとも》に仕《つか》える傍ら、昌平坂《しょうへいざか》学問所へも通っていたという。そうしたことから殿内は、江戸を発《た》ったばかりの頃は浪士組の道中目付を任されていた。しかし高慢《こうまん》かつ癇癪《かんしゃく》持ちで、怒ると刀を振り回し、平気で人を傷つけるような粗暴者であったため、京へ着く前に平士へ降格となってしまった。

会津藩御預かりとなり壬生浪士が京に滞在することになってからも、殿内の隊内での序列は低いままだったが、本人はそれが不服な様子だった。三日後、新入隊士を募《つの》るため江戸へ発つと言っていたが、その真意が隊内での自分の立場を強くするためだということは明白だ。

「近藤先生は構わないと？」

「許可は取ってある。なかなか首を縦には振らなかったけどな」

「そうですか……」

「芹沢だけでも苦労してるっつうのに、甘すぎんだよ。あいつが仲間引き連れて隊内でもう一派作り上げてみろ。隊はもうまとまらねえ。間違いなく内から崩壊していくだろうな」

苦り切った顔で言って、土方は拳を握り締める。

「せっかく開けた立身出世の道だ。俺は必ずこの隊をでかくして、近藤さんを幕臣にしてみせる」

「……そのためなら殺しも厭《いと》わない、ですか。怖いですねえ」

沖田は肩をすくめて笑った。

土方は農家生まれの六男だが、子どもの頃から士分への憧れが強かったという。それを聞くと、みな笑うか現実を見ろと諭《さと》したが、近藤だけは違った。近藤自身、養子に迎えられる以前は農民だったこともあり、土方の話を真摯《しんし》に聞き、試衛館でともに剣の腕を磨いた。そしてこの隊が結成された折には、土方を副長にと推《お》したのだ。

土方の身分からすれば本来平士が妥当で、実際江戸を発つときは六番平士だったのだが、近藤が強く推したため、今こうして副長という立場にある。

土方が冷酷になるのは、もちろん自分が武士になるためというのもあるだろうが、それ以上に恩ある近藤の力になりたいという気持ちが強いように思う。

「お前は反対なのか？」

土方が尋ねる。沖田はそれを笑い飛ばした。

「まさか。近藤さんがいいと言うものを、私が駄目だと言うはずないでしょう？」

「……そうだな」

ずっと硬かった土方の表情が少し緩む。

「手筈《てはず》は整っているんですか？」

「ああ。今夜、殿内に出立前の景気づけと称して酒を呑ませる。殺《や》るのはそのあとだ。酒の席には近藤さんと芹沢と俺が同席する」

「芹沢先生も計画を知っているんですか？」

「まあな。というより、この計画を言い出したのが芹沢だ」

「へえ……」

土方は芹沢を目障りに思っているようだし、近藤を筆頭とする自分たちの一派と芹沢の一派は決して友好関係にあるわけではない。今回は利害が一致したため、一時的に手を組むということだろう。

「分かりました。殿内の処理は私に任せてください」

「任せろって……大丈夫なのか？」

人なんて斬ったことねえだろと続けた土方の声には、昔からの弟分である沖田を案ずる色が混じっていた。

「心配性ですねえ、土方さんは。私、もう子どもじゃないんですよ」

「それはそうだが……」

「殿内さんとは何度か試合をしたことがありますけど、一本だって取られたことはないですし、私が適任だと思います。それなのに何を迷うことがあるんです？」

微笑んで首を傾げると、土方もそれ以上は止めなかった。

「……分かった、お前に任せる。亥《い》の刻《こく》になったら四条《しじょう》大橋で待機して、殿内が来たら討て」

「承知しました」

土方に頷いて、作戦の詳細について少し話をすると部屋を出た。

庭に面した廊下を歩きながら、ふと空を見上げる。あんなに暗く重い話をしていたのに、雲一つない空は嫌味なほど明るく澄み渡っている。

……地位や名誉とは、そんなに大切なものなのだろうか。

土方と話したことを反芻《はんすう》しながら、ぼんやりと考える。土方だけでなく、隊に所属するもののほとんどは立身出世を望んでいる。尽忠報国《じんちゅうほうこく》の志を持って志願した近藤でさえも、その気持ちがないわけではない。

だが沖田は、そうしたものには全く興味がなかった。沖田の家は武家だったが、そのわりに貧しく、あまりいい目を見てこなかったからかもしれない。

父親は沖田が物心つく前に病で亡くなっている。しばらくして母親も亡くなり、沖田は近藤の養父である近藤周助《しゅうすけ》の内弟子として、天然理心流の道場『試衛館』へ行くことになった。貧しいながらも母親と二人の姉に可愛がられて育った沖田にとって、家族と別れての試衛館での暮らしは生まれて初めて感じた孤独だった。

——剣の腕が上達しなければ、また捨てられてしまうかもしれない。

そう恐れた沖田は必死で稽古《けいこ》に打ち込んだ。しかし初めは可愛がって面倒を見てくれていた人たちも、どうしてか沖田が腕を上げるにつれて、沖田を目の敵にしたり、媚《こ》びへつらうような態度を取るようになった。

そんななか唯一、嶋崎勝太《しまざきかつた》——のちの近藤勇だけは、自分が強くなることを喜び、まるで実の弟のように可愛がってくれた。

道場主とは普通、自分よりも強い人間を遠ざけたがるものらしいが、近藤は逆だった。近藤は流派問わず強い者とは積極的に試合をして、自分の技を磨き、高みを目指し続けた。

そんな近藤はいつしか沖田にとって憧れとなり、目標となった。

近藤の為なら躊躇なく刀を振れる。自分はそのためにここまで来たのだから。

——このときの沖田は、そう信じて疑わなかった。


同日亥の刻、沖田は四条大橋近くの物陰に潜み、殿内が来るのを待っていた。ここに着いてから、すでに四半刻《しはんとき》が経過している。橋へ目を向けたまま、殿内はまだだろうかと考えて、沖田は自分の気がずいぶん緩んでいることに気づいた。殿内は剣術に明るく、北辰一刀流の免許皆伝者《めんきよかいでんしゃ》でもある。酒に酔っているからと油断していてはこちらが怪我をしかねない。改めて気を引き締めると、暗闇に目を凝《こ》らす。

そのとき沖田は、橋の中ほどに男が一人いるのを見つけた。——殿内だ。

どくりと心臓が脈打つ。沖田は男を見つめたまま、刀の柄《つか》に手を伸ばした。幸い、他に人影は見当たらない。早鐘《はやがね》を打つ胸を押さえ、橋の前まで移動すると、殿内が間合いに入るのを息を殺して待った。

まだだ……まだ早い。

酒に酔っているせいか、おぼつかない足取りの殿内は、ゆっくりと歩を進める。

あと、少し……。

沖田は静かに、刀の鯉口《こいくち》を切った。

——今だ。

素早く殿内の前に飛び出すと、袈裟懸《けさが》けに斬り下ろす。刀が殿内の身体に沈み込むその瞬間、殿内は沖田の顔を振り仰いだ。ふと、殿内と目が合う。彼の目に浮かんでいたのは、恐怖でも殺意でもなく、ただ困惑のみだった。

肩から胸にかけてを斬ったところで、沖田は手にしていた刀を取り落とした。

「あ……」

どうしようもないほどに、手が、足が、震えていた。ふらつく足で数歩後ずさる。

「うああああ……っ‼」

獣のような声で殿内が叫ぶ。彼の着物は溢れる血でみるみるうちに赤く染まっていった。

「お……きた！　くそっ……謀《はか》ったな……⁉」

殿内は肩で息をしながら、憎悪に満ちた目で沖田を睨む。左手で肩を押さえると、素早く空いた方の手で沖田の刀を拾った。

「死ねえ‼」

刀を振り上げて叫んだその声に、沖田はようやく我に返った。とっさに抜いた脇《わき》差《ざし》で刃を受け止めると、力任せに弾き返す。

「——っくそ」

沖田は隊きっての剣の使い手。対して殿内は酒に酔い、手傷も負っている。

圧倒的不利を悟った殿内は、踵を返して四条大橋を駆け戻った。

あとを追おうと足を踏み出した沖田は、一瞬――ほんの一瞬だけ、ためらった。

あの傷では放っておいてもいずれ死ぬだろう。それなのに、わざわざ追いかけてとどめを刺す必要はあるのだろうか。

それは、まぎれもない言い訳だった。肉を斬った感触はいまだ生々しく手のひらに残っており、沖田はただそれをもう一度味わうことに恐怖していたのだ。

しかしそんな自分に気づいた沖田は、すぐに思い直して殿内のあとを追った。

四条大橋を半分渡り切ったところで、もう少しで間合いに入るという距離になる。沖田は脇差を構えようと腕を上げた。

そのとき、沖田の目が一つの人影を捉えた。十歳にも満たないだろう年頃の少年が、誰かを探している様子で辺りを見回しながら歩いている。

少年は殿内に気づくと、声を弾ませて駆け出した。

「あっ、おとん？　おかえんなさ――」

「どけ、小僧！」

殿内は手にしていた沖田の刀で少年を斬りつけた。砂袋を落としたような音とともに、小さな人影が地面に吸い込まれる。

「――殿内ぃっ‼」

叫んだ声は、本当に自分の声かと疑うような、激しい怒りに満ちたものだった。勢いよく足を踏み込み、今度は深く、その身に刀を沈ませる。

殿内は声もなくその場に崩れ落ちた。肩で息をしながら、その姿を見下ろす。たいして走ってもいないのに、呼吸が乱れて一向に整わない。沖田はふらふらと歩き、少年の前で足を止めた。

地面に膝をつくと、祈るような気持ちで少年の身体を抱き起こす。

「あ……あぁ……」

ため息にも似た声が口からこぼれた。ぬるりとした生温かい感触に、自分の手を見つめる。真っ赤に染まった、その手を。

少年はすでに息をしていなかった。

――私のせいだ、と沖田は思った。

あのとき躊躇しなければ、足を止めなければ、この子は死なずにすんだ――。

屯所に帰った沖田は、まっすぐに井戸へ向かった。無心で水を汲むと、桶の水を頭から被る。一瞬ぎゅっと心臓が縮んだような感覚がして、すぐに身体が震えだした。それでも沖田は構わず、たらいいっぱいに水を張ると、両手を突っ込んで乱暴に擦り合わせた。何度も何度も、水を替えては手を洗った。

だが、いつまでたってもあの血の感触も、臭いも、消えてくれない。

「――総司」

ふと聞こえた声に、顔を上げる。そこには硬い表情をした土方が立っていた。

「もうやめろ」

土方は言って、手に持っていた手ぬぐいを沖田の頭に掛けた。沖田は唇を嚙んで、手ぬぐいを握りしめる。

「夜中に頭から水被るなんて、正気か？」

土方が背を向けて、たらいの水を流す。その様子を目で追いながら、沖田は口を開いた。

「土方さん。私……子どもを殺してしまいました」

沖田の言葉に土方がゆっくりと振り返る。真意をはかるようなその目から、沖田は逃げるように顔を伏せた。ぐっしょりと濡れた前髪から、一滴また一滴と水滴が落ちる。それに混じって、瞳から溢れたものが頰を伝い落ちた。

「……私はもう二度と、人を斬るのに躊躇したりしません」

声を震わせながらも、はっきりと誓うように言う。

あの少年を殺したのは、自分の中にあった甘さだ。自分が中途半端な覚悟で刀を振るったせいで、何の罪もない少年を巻き添えにしてしまった。

この後悔の前では、人を斬る恐怖も、血の匂いも、ちっぽけなものだった。

——私はもう二度と、迷わない。守るべきものを、守るために。

▷

それからの沖田は、隊務になると人が変わったように刀を振るうようになった。

初めのうちはそれでも血の臭いが気になり、あかぎれができるほど何度も手を洗っていたが、いつしか慣れて何も感じなくなっていった。

隊士の多くはそんな沖田を心ない人斬りだと恐れたが、別段心が動くことはなかった。沖田にとっては近藤の役に立つことと、無駄な犠牲を出さないことだけが大切だったからだ。

だが——自分に斬り殺された死体に怯《おび》え、全身で拒絶する花を見たとき、沖田は裏切られたような感覚に襲われた。

花は何度本気で脅しても変わらない態度で接してきて、そんな彼女なら人を斬る自分を見ても受け入れてくれるのではと、知らず知らずのうちに期待していたのだ。

沖田はこぶしを握り締めて、うつむいた。

別に、花に対して何か特別な感情を抱いていたわけではない。からかうと面白い、暇つぶし程度の存在でしかなかった。

――そう、最近気に入っていた暇つぶしの道具が壊れてなくなってしまった。ただそれだけのことじゃないか。

沖田は自分に言い聞かせる。

だが、たったそれだけのことが、なぜかひどく胸を締め付けた。

▷▷▷▷▷▷▷▷▷

夜四つの鐘が鳴る頃、山崎は土方の部屋を訪れていた。

「今朝捕縛《ほばく》した奴らの件、どうだった」

土方が尋ねる。

「奉行所に引き渡したあと尾関《おぜき》が張ってましたけど、半刻前に放免になったのを確認したそうです」

「馬鹿な……。うちのやつが一人殺されてんだぞ」

思わずといった風に、土方が声を荒らげる。今朝の巡察中、山崎のいた佐伯の隊は尊攘過激派浪士の急襲にあった。殺されたのはつい数日前に入隊したばかりの仮同志で、まだ正式には隊の一員ではなかったが、それにしてもこちらに非は全くなく、奴らが無罪放免になる道理はないはずだ。

しかし山崎はこの結果に驚きはしなかった。というのも、今回捕縛した者たちの中に一人、一月前に奉行所へ引き渡した男がいたからだ。この男も人を斬っており、しかるべき罰を下されるべきだが、なぜか罰せられた様子もなかった。

「どう考えても、奉行所が怪しいな」

「はい。それと、今回の奴らの急襲にも気になるところがあります」

「何だ？」

「急襲は永倉さんと原田さんの二隊と一番離れた場所におったとき、しかもちょうど狭い路地に入ったときに前後から挟み撃ちするような形でなされました。奴らは隊がどう動くか知っとったとしか思えまへん」

「だが巡察の行程は毎日変わるものだ。待ち伏せなんてできるもんじゃ――」

言いかけて、土方は何かに気づいたように言葉を止めた。

「内通者がいるのか」

「確証はないですけど、俺はそうやないかと思うてます」

「そうか……。まだ皆には言っていないが、実は少し前に隊の金が五十両盗まれてな。俺は内部の人間の犯行だろうと踏んでいる。この件も合わせて調べてくれるか」

「承知しました」

話を終えて土方の部屋を出ると、暗い廊下を歩きだす。その間、山崎は花のことを考えていた。

花が逃げ出したとき、他の隊士があとを追おうとしたため、山崎は初め放っておくつもりでいた。それなのに、どうしてか胸が落ち着かなくて、結局追いかけようとしていた隊士を止めて、自分が花のもとへ走っていた。

柄《がら》にもなく必死になったりして――何をしているのだろう。

人を斬って心が痛むかと聞かれたときにも、本当はあんなことを言うつもりなんてなかった。自分はただ花にとって心地のいい言葉を並べて、懐《ふところ》に入れさえすればそれでいいはずだったのだから。

山崎は顔を押さえてため息をついた。

まさか自分は、ほだされてしまったのだろうか。

考えて、首を横に振る。それはない。……そんなことは、あり得ない。

頭の中に浮かんだ考えを打ち消すように、山崎は固く目を閉じた。

四品目　涙の花れんこん

　ある朝、朝食を作り終えた頃になって、佐々木が現れた。

「お梅さんの件ですか？」

　声をひそめて尋ねると、佐々木は神妙《しんみょう》な面持《おもも》ちで頷《うなず》いた。

「時間ないさかい、ここで話す」

　手招きされて、台所の隅へ移動する。

「前に太兵衛が島原《しまばら》で奉行所のやつらと会合しとるて話したやろ？　ほんでここ数日張っとったんやけど、どうも太兵衛が金渡して罪人を放免させとるみたいやねん」

「なんですかそれ……！　そんなこと許されるんですか⁉」

「静かにせえ、あほ」

　思わず声をあげた花を、佐々木が小突く。

「もちろん許されるわけない。せやけど太兵衛がそないなことする理由も分からへんし、裏に太兵衛を動かしとる黒幕がおるかもしれんさかい、まだ動けへんて土方副長には言われた」

「理由は分かりそうなんですか？」

「どうやろな……。せやけどそないなことより、分かったあとに土方副長がほんまに動くんかっちゅうことのが問題や」

そう言うと、佐々木はいっそう声を小さくして話し始めた。

「お白洲《しらす》で罪人やて認められるには、本人の自白が必須なんや。せやけど太兵衛ら突き出して、奉行所のやつらが本気で取り調べするとは思われへん。罪人の放免を頼んだんは太兵衛らでも、実際やったんは下っ端やろうし、下手したらそいつら切って自分らは知らんふりするかもしれへん。そうなったら俺らには何もできひんし、そうなることが分かっとって副長が動くとも思えへん」

「そんな……それじゃあどうしたら……」

「――お前、自分が言うたこと忘れたんか？」

佐々木がにやりと笑う。

「俺は今日、太兵衛んとこ行って、お梅はんを渡さへんねやったら、お前の悪事ばらしたるて脅《おど》してくるつもりや。証拠はないけど、あいつ外面《そとづら》だけはええみたいやし、変な噂たてられるんは嫌やろ」

佐々木の言葉に、先日話したことを思い出す。しかし太兵衛のやっていた悪事が、想像していた以上に大きかったため、花は少しためらった。

「そんなことして、佐々木さんは大丈夫なんですか？　『知られちまったからには生かしておけねえ！』とかって、命狙われたりしないです……？」

昔見たドラマであった展開を思い出しつつ尋ねる。佐々木は「誰の真似やそれ？」と吹き出した。

「太兵衛のことは何回か見たことあるけど、あいつはそないな玉とちゃうよ。それに勝手に動いたて副長にばれたらまずいさかい、変装していくつもりやし」

梅を保護したあとは、ひとまず恋人のあぐりの家に預けるつもりだと佐々木は話す。花は少し考えて、顔を上げた。

「私も太兵衛さんのところ、ついて行っていいですか？」

「はあ？　何言うてん。女なんか連れてけるわけないやろ」

佐々木が一蹴《いっしゅう》するが、花は食い下がった。

「私も変装しますから！　それに一人だと味方がいないんだって思われて、舐《な》められるかもしれないですよ」

「いや……でもなあ」

「太兵衛さんは命を狙ってくるような人じゃないんですよね？　なら私がついて行

ったって大丈夫じゃないですか」

渋る佐々木を懸命に説得する。自分が行っても大して役に立たないのは分かっているが、佐々木一人を行かせることにどうしても抵抗を感じた。

佐々木はなかなか了承してくれなかったが、『変装した格好がちゃんと男に見えること』を条件に、不承不承《ふしょうぶしょう》ながら頷いた。

「決行は今日や。昼八つになったら壬生寺《みぶでら》の前に来い」

「分かりました」

花が頷いた、そのとき、

「――佐々木」

突然背後から聞こえた声に、花と佐々木は飛び上がった。顔を向けた先には、花や佐々木とほぼ同じ年頃の青年がいる。山野八十八《やそはち》といって、花がこの時代にタイムスリップして京の町で捕まったとき、沖田に命じられて屯所《とんしょ》へ引きずっていった隊士だ。佐々木とは仲がいいのか、よく一緒にいるところを見る。

「や、山野。どないしたん？」

「今日は俺とお前が厠《かわや》の掃除当番だろ。さぼってないで行くぞ」

「あー、せやったっけ？　悪い悪い」

笑って頭を搔《か》く佐々木に、山野はため息をついて台所を出ていく。

佐々木は「ほな、あとでな」と軽く花の肩を叩いて、山野を追った。

昼食の片付けを終えたあと、井上のところへ外出の許可をもらいに向かっていると、庭に面した廊下で刀の手入れをする相田の姿を見つけた。反射的に、町で沖田が浪士を斬った場面を思い出し、背筋がぞくりと震える。

つい立ち止まって刀を見つめていると、相田は花に気づいた様子で顔を上げた。

「神崎さん、おはようございます」

「……おはようございます」

軽く頭を下げて、それからまた刀へ目を向ける。刀身は太陽の光を反射して白く輝いていた。そのさまは美しく、清らかで——とても人を斬る道具には見えない。

「どうかしましたか？」

尋ねられ、花は少し逡巡《しゅんじゅん》したのち口を開いた。

「相田さんは、人を斬ったことがありますか？」

「——ありますよ」

相田の答えに心臓が大きく鳴った。

「怖くないんですか？」

思わず尋ねて、身体の前で両手を握り締める。

「……私は人が斬られているところを見ただけで、怖かったです」

相田はしばらくの間、何も言わないで刀身を見つめていた。やがて刀を鞘《さや》に戻すと、「座りませんか?」と自分の隣を叩く。花はためらいつつも、相田の隣に座った。

「俺は人の命を奪うことに、何も感じない人なんていないと思います。もしもいるとすれば、それは人の皮を被った獣《けだもの》です」

「それなら、どうして斬るんですか?」

人を斬って辛い思いをするなら、なおさら斬る意味が分からない。別に刀を持っていなくたって、人を斬らなくたって、生きてはいけるのに。

「理由は人それぞれだと思いますが……俺はこの国をよくしたいから、そのために必要なら人を斬ります」

「国のために人を斬るんですか……?」

尋ねる花に頷いて、相田は傍《かたわ》らに置いていた紐《ひも》を手に取った。紐は長い間使われているのか、擦《す》り切れてぼろぼろになっている。

「この下緒《さげお》は五年前に亡くなった父の形見《かたみ》なんです。父は最期まで、この国のために自分に何ができるかと考えていて……俺はそんな父を誰より尊敬していました。

国が潰れるということは、すなわちこの国に住むすべての人が犠牲になるということとです。怖いから、辛いからと逃げてばかりではいられません」

花はうつむいた。

「……私には、よく分かりません」

国を想うことと人を殺すことと、何が関係あるのだろう。この時代はそんなことをしなければ、国をよくできないのだろうか。

——そもそも、国をよくするとは、いい国とは一体何なのだろう。

相田は花を見て、薄く笑《え》んだ。

「さっき神崎さんは、人が斬られているところを見て怖かったと言っていましたよね。——それは先日、沖田先生が男を斬ったところを見たときのことですか？」

「どうしてそれを……」

「あのとき、俺もいたんです」

相田は言って、花の目をじっと見つめてきた。

「神崎さんは、沖田先生がどうすれば満足だったんですか？」

「それはもちろん、あの人を斬ったりしないで、奉行所に連れていっていれば」

「あの男はうちの隊士を斬っていました。奉行所へ連れていけば、間違いなく死罪だったでしょう。——それでも、自分が斬られるかもしれないのに、その危険を冒してまで生け捕りにして連れていくべきでしたか？」

花はとっさに言葉に詰まって黙り込んだ。

「……質問を変えましょうか。もしも沖田先生が男を捕えて奉行所へ連れていき、沙汰《さた》が下されたうえで斬っていれば、神崎さんは沖田先生を怖いと思いませんでしたか？」

相田の問いに花は当然だと思った。現代にだって死刑はある。きちんと裁きを受けて殺されるのなら、それは正しいことのはずだ。何も間違っていないのだから、恐れる必要もない。

花は頷こうとして、ふと胸の内で「本当か？」と尋ねる声が聞こえた気がした。

本当に自分は、目の前で人を斬る姿を見て、恐れないでいられるだろうか。正しいことならば、あの残酷な光景を受け入れられるのだろうか。

そもそもあのとき——沖田が人を斬ったとき、自分はその行為の善悪など考えていただろうか。

口の中が乾いて、喉が張り付いたようになる。

「……私は……」

掠《かす》れた声で言ったきり再び黙り込んだ花に、相田は苦笑した。

「すみません、混乱させてしまいましたね。——俺はもう行きます」

言いながら、手早く刀の手入れ道具を纏《まと》めて立ち上がる。花は膝の上に視線を落としたまま、相田の足音が遠くなるのをじっと聞いていた。

昼八つになり壬生寺を訪れると、先に待っていた佐々木に珍獣でも見るような顔をされた。

「……お前、そん格好何？」

「変装に決まってるじゃないですか」

花は答えて、自分の格好を見下ろした。

着物はいつも着ているものだが、身体つきで女だとばれてしまわないよう、包帯人間よろしくさらしを上半身に巻きつけてある。顔も化粧で眉を太く男らしくした上で、煤《すす》を付けて汚した。

自分で言うのもなんだが、どこからどう見ても女には見えないと思う。

「佐々木さんこそ何です？　そのやる気のない変装は」

不良風を目指したのか、髪型と格好を少し汚くしているが、正直なところいつもとあまり変わらない。佐々木は割に整った顔をしていて、一見育ちが良さそうに見えるせいもあると思う。

「これくらいが普通や！　お前が変やねん！」

「変装なんですから、変で当然じゃないですか」

「変装の変はその変とちゃうねん、あほが！」

佐々木が顔をひきつらせて怒鳴る。花は反対ににっこりと笑った。

「まあでも、女には見えないでしょう？　約束ですから連れていってくださいね」

「……俺、お前の隣歩きたないんやけど。恥ずかしいわ……」

「失礼ですね。せっかく頑張ったのに」

確かに少し厨二病《ちゅうにびょう》をこじらせたような格好ではあるが、一番大切な『女に見えない』をクリアしているのだから、そんなに嫌がらなくてもいいだろう。

佐々木は仕方なさそうにため息をつき、自分の懐《ふところ》に手を伸ばした。

「これお前にやるさかい、一応持っとき」

そう言って差し出されたのは懐刀だった。花はぎょっとして後ずさる。

「い、いいですよ。斬り合いになったりはしないんでしょう？」

「ないとは思うけど、念のためや。お前刀も差してへんさかい、そんままやと格好つかへんし。ええから持っとき」

佐々木は花の手を取り、無理やり懐刀を握らせた。

佐々木が腰に差している刀の半分もない長さだが、花の手にはひどく重く感じた。

「ほな行くで」

「……はい」

渋々懐刀を懐に入れて歩き出す。——大丈夫。持っていても、使わなければいい話だ。

自分に言い聞かせて、顔を上げる。そのとき、前方に見覚えのあるうしろ姿を見つけた。

「あ……芹沢さん？」

声をかけると、男が振り返る。彼は芹沢ではなく、勘定方取締りの平間だった。背格好と髪型がそっくりなので、見間違えてしまったようだ。

「す、すみません。何でもありません」

「誰だ、お前は。汚いなりをしているが、うちの隊士か？」

平間は訝《いぶか》しげな目を花に向ける。

「え、えっと、その……」

「いや、ちゃいます！　以前ちょっとお会いしたことあっただけなんで、気にせんといてください。――ほな！」

うつむきがちに早口で捲《まく》し立てて、佐々木が花を引っ張っていく。ちらりと振り返ると、平間は不審そうに花たちを見ていたが、追いかけてはこなかった。

「――あほ！　何のために変装した思うてんねん！」

平間の姿が見えなくなるなり、佐々木が振り向いて怒鳴った。

「すみません、つい……。芹沢さん、お梅さんが太兵衛さんに暴力振るわれてるの知ってて、気にしてるみたいでしたし……」

「はあ、芹沢局長が？」

花は頷いて、以前八木家で芹沢と会ったことを話した。

「あん人はなあ……。俺もそない悪い人やない思うねんけど、いろいろやり方が乱暴すぎなんと、酒飲みすぎなところが残念やんな」

佐々木はこの隊が結成されてから、比較的早い段階で入隊しているため、芹沢とも関わる機会が多かったらしい。

「芹沢局長て後先考えてへんっちゅうか……豪胆や言うやつもおるけど、どっちかて言うと俺には自棄《やけ》に見えんねん。何に対しても執着《しゅうちゃく》せえへん感じやし」

千本通りを上りながら、佐々木が話す。花は佐々木の話をどう受け止めたらいいのか分からず、「そうですか」とだけ返して景色に目を向けた。

この時代の壬生村とその周辺は田舎で、建物はほとんどなく、田畑がどこまでも広がっている。よく育った瑞々《みずみず》しい稲が風に吹かれて揺れているのを眺めながら、花は小さくため息をついた。

西陣山名町《にしじんやまなちょう》にある菱屋の前に着くと、花と佐々木はひとまず物陰から店の様子をうかがってみることにした。

しかしそこに思いがけない人の姿を見つけて、花は目を見開く。

——どうして秀二郎さんがここに……？

秀二郎は何やら太兵衛ともめている様子だ。いつもはなかなか人と視線を合わせようともしないのに、必死で太兵衛に向き合い、言い争っている。

「——せやから、お梅にはあてから言うて返させて、明日にはそちらはんに届けますさかい」

「い、いいえ。だ、大事なもんやさかい、直接返してもらいたいんどす。俺が行きますさかい、お梅はんのいはる場所教えてくださ い……」

粘る秀二郎に、太兵衛は深いため息をついた。

「あんたはん、ええ加減にしてくれまへんか？　こない真昼間に押しかけて、店の邪魔やて分からんのどすか」

語気を強めた太兵衛に、秀二郎がたじろぐ。そのまま太兵衛に押し切られてしまうかと思ったが——。

「こ、こっちかて返してもらわれへんで、迷惑しとるんどす。はよ教えてくださ い」

　ぐっとこぶしを握り締めて、負けじと太兵衛を睨んだ。状況はいまいち掴めないが、花は秀二郎の勇気に拍手を送りたい気分だった。

「――もう相手しとられへんわ」

　太兵衛は吐き捨てるように言って、店の奥へ去ろうとする。花は隣の佐々木に目配せした。

「ああ、行くで。めいっぱいガラ悪うせえや」

「任せてください！」

　頷いて、二人で店に乗り込む。菱屋はかなり儲かっているのか、店内は大勢の従業員と品物で溢れていた。

「おい！　菱屋太兵衛はおるか⁉」

　佐々木がいつもより声を低くして怒鳴る。そのうしろで花も精一杯ガンを飛ばした。

「な、なんやお前ら。どこのもんや？」

　太兵衛は花と佐々木を見て、目を白黒させた。気弱そうな秀二郎と違って花たちは怖いのか、先ほどより声に威勢がない。

「お前に話があんねん、ちょっと面《つら》貸せや」

「お、おい！　放せ……っ！」

うろたえる太兵衛の肩を抱いて、佐々木は店の隅へと引っ張っていく。

「あ……」

呆然《ぼうぜん》として立ち尽くしていた秀二郎が、不意に花の顔を見てはっとしたような顔をした。花が黙っているよう目配《めくば》せすると、小さく頷く。

佐々木が太兵衛と話している間、花は二人の傍へ従業員たちを近づけないよう睨みをきかせていた。佐々木は時おり壁を殴ったり、棚《たな》を倒したりしながら念書《ねんしょ》に名前を書くよう迫った。太兵衛はしばらく拒否していたが、やがて佐々木の脅しに耐え切れなくなったのか、顔を青くして筆を執った。

「──よし、ええやろ。お梅は俺らが引き取るさかい、二度と手出しするなよ」

名前の書かれた念書を満足げな顔で見て、佐々木が振り返る。

「ほな行くで」

「はい、さ──」

名前を呼びかけて、ここは本名を出さない方がいいだろうと思い直した。

「親分!」

花が言った瞬間、佐々木がずっこけそうになる。それから誤魔化《ごまか》すように数回咳をして、「あほ、もう喋るな!」と小声で花を叱った。──親分はやりすぎだったか。兄貴くらいにしておけばよかったかもしれない。

そんなことを考えながら、花は足音を立てて店を出ていく佐々木のあとを追った。

「いやあ、意外にすんなりうまくいきましたね！」

「まあ俺がうまいこと脅したおかげやな」

得意げに佐々木が言う。今日ばかりは花も「よっ、日本一！」とおだてておいた。

梅のことは長い間、しこりのように胸に引っかかっていたが、ようやく解決しそうで気分がいい。

「あの、待ってください！」

二人で意気揚々《いきようよう》と歩いていると、あとから秀二郎が走って追いかけてきた。

「秀二郎さん！　さっきは黙っててくれてありがとうございました」

「……やっぱり神崎はんやったんどすか」

秀二郎がほっと息を吐く。それからうかがうように佐々木を見た。

「ど、どうも、お久しぶりどす。佐々木はん」

「どうも。さっき太兵衛に言い返しとるとこ見ましたよ。やるやないですか！」

佐々木が上機嫌で秀二郎の背を叩く。秀二郎は数歩よろめいて、曖昧《あいまい》な笑みを浮かべた。

「俺は何もしてまへんよ……。それよりお梅はんのこと、どないしたんどすか？」

「詳しいことはちょっと言えないんですけど、太兵衛さんからお梅さんを解放できたので、これからお梅さんの家へ行くんです」

花が言うと、秀二郎は心底安堵したように顔をほころばせた。

「そうどすか……よかった。実はここ数日、お梅はんがうっとこに来はらんで。どうしても心配なって、それで今日菱屋に行ったんどす」

秀二郎は太兵衛に会って、梅に貸したものがあるから返してもらうために会わせてほしいと嘘をついたのだそうだ。

「せやけどそこまでしても会わせてくれへんて、お梅はん何かあったんやろか……」

ぽつりと呟《つぶや》くように、佐々木が言う。とたんに秀二郎の表情が曇った。

「──あの、俺もお梅はんとこ一緒に行ってもええどすか？」

少し迷うように目を伏せたのち、秀二郎が尋ねる。特に断る理由もないため花と佐々木は了承して、一緒に太兵衛の妾宅《しょうたく》へと歩き出した。

そこへ前方から数人の男たちが現れる。金持ちそうな、身なりのよい町人だ。

「わっ⁉」

男たちの一人にすれ違いざま肩をぶつけられて、花はバランスを崩して転んだ。

男は汚いものでも見るような目で花を見下ろし、舌打ちする。謝りもせず去っていく男を睨みつつ、花は砂を払って立ち上がった。

「何あれ、感じ悪いなあ……！」

「糸問屋の大和屋庄兵衛や。あん人、評判悪いて聞いとったけど、ほんま根性曲がってんねやな」

佐々木が言うのを聞きながら、庄兵衛のうしろ姿を見る。

――どうか罰《ばち》が当たって、頭に鳥の糞でも落ちますように。

心の中で祈ることで、花は苛立《いらだ》つ気持ちをおさめた。

「そ、そないなこと言われても困ります！」

妾宅近くまで行くと、悲鳴のような声が聞こえてきた。何事かと走って向かうと、玄関先に梅の付き人が立っていて、男二人と押し問答になっているようだった。

「芹沢局長と佐伯さんや」

付き人の前に立つ男の顔を見て、佐々木が目を瞬《しばたた》く。

こっそり様子をうかがってみると、二人は梅を妾宅から連れ出そうとしているようだった。秀二郎と同様、八木家に来なくなった梅を心配して来たのだろうか。

「どうします？　念書を書かせた件、隊にばれるとまずいんですよね」

「せやなあ、土方副長にまだ動くなて言われとったわけやし……」

難しい顔で佐々木が腕を組む。そのとき芹沢が懐から何かを取りだした。黒くて細い――扇子《せんす》だろうか。

それを見たとたん、佐々木は顔をしかめた。

「こんままやと暴力沙汰んなるわ。――しゃあない、行くで」

佐々木が芹沢たちのもとへ走る。花と秀二郎も慌ててそのあとを追った。

「芹沢局長！」

「佐々木と……神崎か？」

芹沢は花たちの変装した姿に怪訝《けげん》そうな顔をする。

「俺らさっき菱屋の旦那と話つけて、お梅はんのこと引き取りに来たんです」

佐々木はかいつまんでこれまでのいきさつを話した。念書の件は伏せておいたが、芹沢はそのあたりを深く追及することはしなかった。

「そういうことなので、お梅さんを渡してもらえますか？」

「……まあ、旦那はんの許可があるんやったら」

付き人は花に頷いて、家の中に入る。しばらくすると、梅が現れた。

以前は着物に隠れていないところはほとんど怪我していなかったが、今は顔や首にもたくさんの傷や痣ができている。これを見せたくなかったため、太兵衛は梅を人に会わせようとしなかったのだろう。

改めて、太兵衛に対する怒りがふつふつと湧いてくる。一発くらい殴っておけばよかったかもしれない。

「はよ荷物まとめて、こないなとこ出て行きまひょ」

佐々木も立腹《りつぷく》している様子で、棘《とげ》のある声で梅を促《うなが》す。けれど梅はその場を動かず、両手を握り締めてうつむいた。

「お梅さん？　大丈夫ですか……？」

どこか具合が悪いのだろうかと、花は梅の腕に手を伸ばした。

梅はそんな花の手を払いのけて、顔を上げる。

「――余計なことせんとってください」

「え……？」

思いもよらなかった反応に、花たちはあっけにとられた。

「ここ出たら、もう太兵衛に殴られたりせんですむんですよ？　せやのに何で……」

うろたえながらも言った佐々木を、梅はきつく睨む。

「うちはそないなこと、頼んだ覚えありまへん。うちのことなんか構わんと、放っといてください」

自分の腕を摑んで、震える声で言う。その姿はどこか怯《おび》えているようにも見えた。

「……お前は今の生活に満足しているのか?」

不意に、芹沢が尋ねる。

「このまま一生黙って耐えているだけの人生で、本当にいいのか?」

静かな問いかけに、梅の頰がかっと赤くなった。

「そんなん――ええわけないに決まっとるやないどすか!」

叫んだ瞬間、梅の目から涙が溢れる。

「痛いのは嫌や! 罵《ののし》られて、言い返せへんのも嫌! 幸せそうにしとる人のこと妬《ねた》んで、自分の周りのもん全部憎んで、呪って……そないな毎日嫌や! うちかてできるもんやったら、誰かのこと大切に想うて、同じように大切に想われて生きたい……っ!」

梅は唇を嚙んで、顔を伏せた。

「せやけど、うちには無理や。十の頃に親に売られて、店でもいびられとって……太兵衛はんに妾《めかけ》にしてもろうて、やっと抜け出せた思うたのに、こないな目に遭《お》うて」

梅の足下に、ぱたぱたと雨のように雫《しずく》が落ちる。

「うちはもう、何かに期待して裏切られるのは嫌や……」

「お梅さん……」

かける言葉が見つからなくて、花はただ立ち尽くして梅を見つめた。

自分とは生きてきた世界があまりにも違っていて、梅の苦しみなどとても想像がつかない。何と言って慰《なぐさ》めても、薄っぺらく、梅の心には響かない気がした。

静まり返ったなか、梅の嗚咽《おえつ》する声だけが聞こえる。

「……お梅はん。やっぱりここを出まひょ」

それまでずっと黙っていた秀二郎が、梅の前に進み出た。梅がゆっくりと顔を上げる。

「俺、お梅はんがこれから自分の力で生きられるよう、手助けします。お梅はんが苦しかったんは、決められた箱の中でしか生きられへんくて、そやのにそん中で虐《しいた》げられて生きてきたからやと思うんどす」

一言一言噛み締めるように言って、秀二郎が梅に手を差し出す。

「まだ、諦めんでください。誰かに頼らんでも生きられるようになったら、きっとお梅はんも幸せを摑めるはずどす」

梅は秀二郎の手をじっと見つめた。

この手を取ることは、きっと梅にとってとても勇気のいることなのだ。

梅は自分の手をぎゅっと握りしめて、何度も迷うように指先を動かして——やがて、一歩足を踏み出すと、ためらいがちに秀二郎の手を取った。


「——ほな、お梅はん奪還成功を祝して！」

佐々木がお茶の入った湯呑みを掲《かか》げ、花も同じように湯呑みを持ち上げる。

「乾杯！」

ゴツッと重い音を立てて湯呑みをぶつけると、佐々木は訝しげな顔をした。

「なんや？　『かんぱい』て」

「え、言わないですか？　お祝いの席でお酒を飲むときとか」

佐々木は「聞いたことないな」と首を傾げる。

「まあええわ。それよりほんまに、うまくいってよかったな」

「そうですね」

佐々木の言葉に満面の笑顔で頷く。

梅を太兵衛の妾宅から連れ出したあと、花と佐々木は壬生寺裏の水茶屋で祝杯をあげていた。ちなみに変装はすでにやめて、二人ともいつもの格好に戻っている。

梅は当初、佐々木の恋人であるあぐりの家に預ける予定だったが、秀二郎の勧めでひとまず八木家に滞在してもらうことにした。芹沢が自分が強引に連れてきたことにすると言ってくれたため、花たちのしたことが土方にばれることもない。太兵衛が今後梅に何かしてこないとも限らないので、花としても屯所で預かることになって安心だと思った。

「そういえば、どうして芹沢さんが扇子みたいなものを出したとき、飛び出していったんですか？」

「ああ、あれは鉄扇《てっせん》やねん。芹沢さんがあれで人のこと殴って怪我させるとこ、よう見たことあったさかい」

それでは芹沢は、佐々木が現れなければ梅の付き人を殴って強引に梅を連れていくつもりだったのだろうか。空気が抜けたように、みるみる気分が萎《しぼ》んでいく。

「……あの、どうして佐々木さんは壬生浪士にいるんですか？　人を斬ったりすることもあるのに、嫌じゃないんですか？」

「なんや急に？」

不思議そうにする佐々木に、花は以前、沖田が人を斬るところを見たことを話した。

「そんなん言うたら俺らかて、お梅はんのこと奉行所挟まんと強引に解決したやん。一緒のことや。沖田さんのことは何も責められへん」

あっけらかんと言った佐々木を、花は思わず凝視《ぎょうし》した。

「何言ってるんですか、全然違いますよ！　私たち、人を傷つけたりしてないじゃないですか！」

「大きさがちゃうだけで、やっとることは同じやろ。それに俺ら、太兵衛に無理やり自白させたろうとか考えたりもしたやん。あれ、お前かて太兵衛に傷一つつけんとできる思うとったわけとちゃうやろ？」

問われた瞬間、まるで頭を思い切り殴られたような気がした。

はっきり何をすると考えていたわけではなかったが、自分も太兵衛がそう簡単に自白すると思っていたわけではない。

――にもかかわらず、花は自分が直接手を汚すことは微塵《みじん》も考えていなかった。

「でも……やっぱり、一緒なんかじゃないですよ……」

人を傷つけたり脅したりすることと、命を奪うことを同列に語ることはできないはずだ。

「いや、同じや」

佐々木はきっぱりと花の言葉を否定する。

「せやけど俺は、それでも正しいことしたて思うとる。こんな世の中、誰かを傷つけな解決できひんことって、どないしてもある思うねん。またこないなことがあったら、俺はやっぱり同じことするし、場合によっては人も殺す。自分の手汚してでも、俺は自分の正しい思う道を貫きたいんや」

花はうつむいた。

「……私は、そんな風には言えないです」

もしも梅を助けるために太兵衛を拷問《ごうもん》する必要があったとして、それを正しいことだと信じて実行することはきっと自分にはできなかった。

現代では人を傷つけたり殺したりすることは悪で、花は何の疑いもなくそれを信じて生きてきた。相手がどんな人間であったとしても、自分が残虐《ざんぎやく》なことをするのには強い抵抗があった。

「なあ、お前の思う正しさって何なん。お前は自分の手さえ汚さんかったらそれでええんか？　虐げられとる人を助けんと、見て見ぬふりすることが正しさなん？　お前は一点の曇りもない、真っ白な正しさ以外は認められへんの？」

そんなの――そんなこと、急に言われたって分からない。今まで生きてきて、本当の正しさが、正義が何かなんて、一度も考えたことがなかったのだから。

佐々木は小さく息を吐いて、お茶を一口飲んだ。

「……俺はな、大坂の錺《かざり》職人の家の次男に生まれたんや」

呟くように言うと、静かに身の上を語り始める。

佐々木の家は裕福ではなく、壬生浪士に入る前は、このまま実家で兄の仕事を手伝うか、借金をして一から商売を始めてみるか、あてがあれば他家へ養子に出るか——そんな未来しかなかったという。

以前井上も話していたが、この時代は武家も商家もどんな家でも長子相続が原則で、次男以下は厄介者《やっかいもの》として扱われていたらしい。そのような身分ではもちろん、妻帯もできるわけがない。

「隊には不満もあるけど、なんだかんだ俺は入ってよかったて思うてんねん。前までは、俺はこんまま家族に迷惑だけかけて、肩身狭い思いして生きていかなあかんねやろなって思うとったけど、今は俺にも誰かのこと助けたりできるんやって、いろんな道見えてきて、急に目の前が開けたみたいで……嬉しいんや」

そう言うと佐々木は、「あと、あぐりとも夫婦《めおと》になれるしな」と笑った。つられたように、花の顔にも笑みが浮かぶ。

「今度お前にも、あぐりのこと紹介したるわ」

「いいんですか？」

「ああ。ほんっまに別嬪《べっぴん》やからな。目ん玉飛び出んよう気ぃつけや」

佐々木のこの惚気《のろけ》っぷりには、花も思わず声を出して笑った。

「ほな俺はちょっと八木家寄って帰るさかい」

「分かりました。お茶ごちそうさまでした」

頭を下げると、佐々木は軽く手を挙げて去っていく。花は少し一人になって考えたくて、前川家へ戻る前に壬生寺へ寄ろうと歩き出した。


「なーなー、沖田はん！　次は鬼ごっこしようや！」

南門を抜けて鐘楼《しょうろう》に向かって歩いていると、子どもの声が聞こえてきた。見ると沖田らしきうしろ姿と、四、五人の子どもの姿がある。人を斬ったところを見て以来、沖田とはなるべく会わないようにしていたので、久しぶりに顔を見た。

「いいですね、それじゃあ誰が最初に鬼をやりますか？」

「ええー、そこは沖田はんがしいや！」

「せやで、沖田はん大人やろ！」

「嫌ですよお。ここは平等に、じゃんけんで決めましょうよ」

子どもたちのブーイングに沖田がごねる。……なんて大人げのない。

思わず脱力していると、沖田を囲んでいた子どもの一人がふとこちらを見た。

「あ、ほな今来たあの兄ちゃんにやってもらおうや！」

おもむろに花を指さして言う。沖田がゆっくりとこちらを振り返った。

「……どうも」

驚いた様子で目を見開く沖田に会釈《えしゃく》する。沖田は黙ったまま、微動だにしない。

「あの……沖田さん？」

一歩足を踏み出してみる。

沖田はびくりと身体を震わせると、素早く踵《きびす》を返して走り出した。

「え、ちょっと！」

慌ててその背に声をかけるが、沖田は一目散《いちもくさん》に花から逃げていく。するとそれを見た子どもたちも、声を上げて沖田のあとを追った。

「わあー！　鬼が来るでぇ！」

「えっ、もしかして私が鬼？」

困惑してその場に立ち尽くす。

……しかし、人の顔を見るなり逃げ出すなんて、失礼ではないだろうか。

ああも露骨《ろこつ》に避けられると、少し腹が立つ。

「――よし」

沖田を捕まえよう。そう決意するやいなや、花は履《は》いていた草履《ぞうり》を脱ぎ捨てた。

「待て!!」

裸足《はだし》になって駆け出すと、まさか追ってくると思っていなかったのか、沖田はぎょっとした顔で振り返った。しかしそれでも、逃げる速度を緩めることはない。

花と沖田はお互い全力で境内《けいだい》を走り回った。花はあっという間に呼吸が乱れ、速度も落ちていくが、沖田はどんどんスピードを上げて花との距離を広げていく。

「――きみたち！　お願い、沖田さんを捕まえて！」

前方で固まっていた子どもたちに、沖田を指さして頼む。二人だけで走り続けていたせいで暇をもてあましていたのか、子どもたちは花の言葉にぱっと顔を輝かせた。

「よっしゃ、兄ちゃん任せろ！」

「沖田はん覚悟ぉ！」

子どもたちがいっせいに駆け寄り、沖田の足に抱きつく。

「なっ!?　は、離しなさいっ！　ずるいですよ！」

「だって沖田はん速すぎるんやもん！　天誅《てんちゅう》や！」

「うぐ……」

沖田が悔しそうな顔をする。花は沖田に笑顔で近寄り、その肩をぽんと叩いた。

「捕まえた」

「ぎゃー！　今度は沖田はんが鬼や！　逃げろー！」

沖田にしがみついていた子どもたちがみな、蜘蛛《くも》の子を散らすように逃げていく。花だけが沖田の肩をしっかり摑んだまま、その場に残った。

「神崎さんは逃げなくていいんですか？」

「何言ってるんです！　逃げるわけないじゃないですか！」

成り行きでそうなっただけで、別に自分は鬼ごっこをしに来たわけではない。

立腹する花に、沖田は伏せていた目をゆっくりと上げた。

「――本当に？」

その目の鋭さに一瞬身体がこわばり、ごくりと生唾をのんだ。

「はい。逃げません」

大きく息を吸ってから、きっぱりと言う。沖田は首を傾げた。

「神崎さんは、私が怖くないんですか？」

「全く怖くないって言ったら嘘になります。……でも今は、それ以上に自分が情けなくて」

「情けない？　どうしてですか？」

沖田が不思議そうな顔をする。花は目を伏せて、相田や佐々木と話したことを思い返した。

「……私、何が正しいことで何が間違いなのか、ずっと分かってるつもりで他人のこと非難してて。でも本当は、何も分かってなかったんです」

花は沖田が人を斬ったとき、その正当性など少しも気にしていなかった。自分はただ、人を殺すという行為を拒絶していただけだったのだ。

「私は残酷なものなんてない、平和な世界で生きてきて――」

言いかけて、花は言葉を止めた。

「……違いますね。本当はそうしたものはあったんですけど、私の目に映ることはほとんどなくて、ずっと他人事《ひとごと》で生きてきたんです。それなのに、口先だけで知った風なことを言って……そんな自分に気づいて、恥ずかしくて、情けなくなって」

現代でも正当化される殺人――死刑や戦争で人が人を殺すこと――はあったが、自分はその善悪や責任について何一つ理解していなかった。それどころか真剣に考えたことさえ、もしかすると一度もなかったかもしれない。

それらは目の前で起きていなかっただけで、現代にも確かに存在していたのに、自分はそうしたことにずっと無関心でいた。

「……私だって、何が正しいことかなんて分かっていませんよ。ただ、私には守りたい人がいて、その人のためなら人を斬ることも厭《いと》わないと決めているだけです」

そう言うと、沖田はふいと花から顔をそらす。

「人を斬り、命を奪うことには重い責任がつきまといます。こんなことを続けていれば、いつかは私も誰かに殺されるかもしれない。——ですが私は、自分が斬られていまわの際《きわ》になっても、己のしたことに後悔がないと、はっきり言える自信があります」

沖田の横顔は、いつになく真剣だった。相田も佐々木も沖田も、その是非《ぜひ》はともかく、人を斬ることに対してしっかりと自分の考えを持っているのだ。

花はうつむいた。

残酷なものを恐ろしいと思う気持ちは、それ自体は決して間違いではないはずだ。人として大切な道徳的な心で、忘れてしまってはいけないものだと思う。

だが、そこで思考が停止してしまってはいけなかった。

今まで自分は、人を斬ることを脊髄《せきずい》反射的に拒絶していたが、そうではないのだ。その残酷さや責任を理解したうえで、善悪を判断すべきだった。

この時代は現代と違って、法律も曖昧で不条理なことも多い。きっと、だからこそ、自分の頭で本当の正しさを見極めなければならないのだ。

「……人を斬ることについて、今の私にはまだその正しさとか、判断ができません」

言って、花は顔を上げた。

「なので、一時休戦としませんか」

「……そこは仲直りじゃないんですか？」

「別に今までも仲良くはなかったですし、それは違うでしょう」

花が言うと、沖田は「つれないなあ」と笑った。それからじっと花を見つめる。

「なんですか？」

「……どうでもいいと思ってたんですけどねえ。存外《ぞんがい》嬉しかったみたいです、私」

微笑む沖田に、花は何の話か分からず首を傾げた。


その日の晩、夕食を作り終えた花は、外出の許可をもらって梅の様子を見に八木家を訪ねた。

雅と主人の源之丞に声をかけて玄関を上がったところで、芹沢が佐伯と平間と副長助勤の平山五郎を連れて現れる。

「あっ、こんばんは。……今からお出かけですか？」

「ああ」

「そうですか……。実はおすそ分けしようと思って、夜ご飯のおかずを持って来たんです。よかったら明日の朝にでも食べてください」

持って来た重箱《じゅうばこ》を少し持ち上げて言うと、芹沢は「分かった」と頷いて屋敷を出ていった。そのうしろ姿を複雑な気持ちで見送る。

今から酒を飲みに行くのだろうか。

噂によると芹沢は、ほぼ毎晩部下である佐伯と平間、平山の三人を連れて飲みに出掛けているようだ。

父親と同じ顔をした男が毎晩飲み歩いているというのも複雑だが、それ以上に花は芹沢が佐伯たちとつるんでいるのが嫌だった。佐伯たちはよく昼間から酒盛りをして屋敷の中で暴れているらしく、雅が困っていると話していたからだ。

「……神崎はん？」

つい、もの思いに沈んでいると、背後から声がかかった。振り返った先には梅が立っている。手当てをしてもらったのか、太兵衛の妾宅にいたときはそのままだった傷に、さらしが巻かれていた。

「こんばんは、お梅さん。夜ご飯のおかずをおすそ分けしに来たんですけど、よかったらどうですか？」

「……おおきに、いただきます」

梅はぎこちなく頷いた。まだ八木家にいることに慣れないせいか、立っている姿もどこか遠慮がちに見える。

「ちょうど時間もええ頃やし、ご飯にしまひょか。お花はんもまだやったら、一緒に食べてかはりまへん？」

八木家では夕食はまだだったらしく、雅が聞いた。

「ぜひ！　ご飯の支度《したく》、私も手伝います」

「あ……うちも、手伝わしてください」

花に続いて梅も申し出る。

「まあ、別嬪はんが二人も手伝《てつど》うてくれはるやなんて、嬉しおすなあ」

雅が目を細めて微笑む。こんな風に年上の女性に褒められるのは久しぶりで、花はくすぐったいような気持ちになって笑った。すると隣で、梅も笑みを浮かべる。

初めて会ったときから綺麗な人だと思っていたが、梅の笑った姿は思わず息をのむような美しさだった。花は一瞬見惚《みと》れてしまって――それから、梅が笑うところを今初めて見たのだということに気づいた。

「……行きましょう」

梅に言って、歩き出した雅のあとに続く。

これからは、梅がたくさん笑える毎日を送れるといい。

夕食はほとんど作り終えていたようで、台所はでき上がった料理のいい香りに包まれていた。花と梅は器《うつわ》の用意をすることにして、それぞれ棚に向かう。

「何べんも炊かれへんのはしゃあないどすけど、時間がたって硬うなったご飯はおいしないもんどすな。朝のご飯はぶぶ漬けにでもせな、よう食べられへんし」

竈《かまど》の前に立って釜の蓋を開けた雅が呟いた。

前川家では隊士の数が多いので朝と晩に炊いているが、この時代の一般家庭は一日に一度しかご飯を炊かないらしい。

東の朝炊き、西の昼炊きといって、職人の多い江戸では弁当を持っていくため朝にご飯を炊き、商人の多い京や大坂では朝から商売があるため昼に炊くのだという。

「硬くなったご飯をやわらかくするには、日本酒をかけて蒸らすといいんですよ」

「そないなことして、ご飯が酒臭《くそ》うならんのどすか?」

花の言葉に梅が目を丸くする。

「熱でアルコール……えーっと、お酒の成分が飛ぶので大丈夫です！　為三郎くんと勇之助くんも食べられますよ」

「ほんまどすか。そやったら、さっそくやってみまひょ」

雅がいそいそと日本酒を取り出す。

硬くなったご飯に少量かけて蒸すこと数分、ご飯はふっくらとよみがえった。

「炊きたてみたいどすなあ。これはええこと教わりましたわ」

「ちなみにもっと時間がたって黄色くなっちゃったときは、お酒と酢をかけて蒸すといいんですよ」

「そうどすか。ほな、明日の朝やってみます」

雅はご飯をお櫃《ひつ》に移し、花と梅はおかずを皿に盛り付ける。そうしてご飯の支度をすませると、秀二郎たちも呼んで、みんなで食事をすることになった。


「あれ、今日のご飯硬うない！」

ご飯を一口食べて、為三郎が驚いたように声を上げた。

「お花はんが硬うなったご飯戻す、ええ方法教えてくれはったんよ」

「へえ、そうなんや。神崎はん、物知りなんどすなあ」

感心したように源之丞が言う。

「いえいえそんな。あ、そうだ、煮しめを作ってきたので皆さんよかったらどうぞ」

花は重箱の蓋を開けて、中に入れていた小鉢を配った。

「かわええ……」

煮しめのれんこんを見て、ぽつりと梅が呟く。隣で雅も微笑んだ。

「ほんまや、お花みたいどすなあ」

二人の言葉に、花は嬉しくなってぱっと顔を輝かせる。

「ですよね⁉　れんこんを飾り切りしたもので、花れんこんって言うんです！」

今晩前川家でも出したのだが、隊士たちは料理の見た目にはそこまで興味がないのか、特に何も言ってくれなかった。沖田に至っては、「言われてみればいつもと形が違うような」と気づいてすらいなかった様子で、せっかく手間をかけたのにと内心がっかりしていたのだ。

「うち、島原でお勤めしとった頃も、綺麗なお料理見るの好きやったんどす。こない料理作れるやなんて、うらやましおすなあ……」

「あ……そやったらお梅はん、お花はんに料理教えてもろうたらどうどすか？　これから働くとこ見つけるのに、役に立つかもしれへんし……」

思いついたように秀二郎が言う。それからはっとしたように顔を赤くして、「も、もちろん、お梅はんとお花はんがよかったらやけど」と付け足した。

正直なところ自分はまだ駆け出しの料理人で、人に教えられるような身分ではないと思う。――だがそれでも、自分が教えることで梅の道が開けるならば。

「その……私でよかったら、料理教えましょうか？」

おずおずと尋ねると、梅はこぼれ落ちそうなほど大きく目を見開いた。

「え、えっと、無理にとは言わないので！　私もまだまだ修行中の身ですし――」

「お願いします！」

花の言葉を遮《さえぎ》って、梅が頭を下げる。

「うち、昔はお料理作るの好きやったんどす。せやけど太兵衛はんとこおったときは、本宅からまかない運んでもろうとって、台所使わしてもらえへんくて」

そう言うと、おそるおそる花の顔を見る。

「よかったら、教えてもらえますか？」

「――よろこんで！」

花は笑顔で頷いた。

▷

その日以来、花は前川家の隊士たちの食事を作り終えると、八木家に行って、梅に料理を教えるようになった。

梅はとてもまじめで熱心だったため、料理の腕は見る間に上達し、数日後には雅と交代で朝と昼の食事を作るまでになっていた。

「いろんな料理を作れるようになってきましたし、今日は飾り切りの練習をしてみましょうか」

夕焼け色に染まった台所に、いつものように梅と立った花はふと思いついて言った。梅はそれを聞いて、嬉しそうに顔を輝かせる。

「ほんまどすか？　うち実は、ずっと飾り切りやってみたい思うとって」

「そうだったんですね。お梅さん上達するの早いから、きっとすぐに作れるようになりますよ」

「……頑張ります」

褒められて、少し気恥ずかしそうに笑って答える。一緒に料理を作るようになってから、こうして梅の笑顔を見ることが増えた。梅が笑うとほっと胸があたたかくなるようで、嬉しい。

「よし、それじゃあさっそく――」

「神崎、お梅はん、おる？」

腕まくりしたところで、玄関の方から佐々木の声が聞こえてきた。梅と顔を見合わせて、二人で台所を出ていく。

玄関先には佐々木と十七、八歳くらいの少女が立っていた。少女は立っているだけで場が華やぐような、可愛らしい顔立ちをしている。

「紹介するて前に言うとったやろ。あぐりや」

「はじめまして」

あぐりは鈴が鳴るような、これまた可愛い声であいさつした。

「はっ、はじめまして！　お噂はかねがね……」

花が慌てて頭を下げると、あぐりの顔が赤らんだ。

「もう、愛次郎はん。あんましうちの話せんといてって言うとるのに。恥ずかしい」

「悪い、悪い。つい自慢したなって」

ふくれっ面《つら》するあぐりに、佐々木はにやけた締まらない顔で謝る。以前から分かっていたことだが、本当にべた惚れなようだ。

「今日は二人でお出かけなんですか？」

「ああ、ちょっと飯食うてくんねん」

「そうなんですね」

花が相槌《あいづち》を打ったところで、梅が気まずそうに佐々木の前に進み出た。

「あの、佐々木はん。太兵衛はんとこから連れ出してもろうたとき、うち、ろくにお礼も言えんとすんまへんどした」

「いやいや、あんなん俺らが勝手にやったことやし、気にせんとってください。それよりお梅はん、秀二郎はんとはどうどすか？」

佐々木は言って、からかうような笑みを浮かべる。

「あん人、最近しっかりしてきましたよね。やっぱし好きな女《ひと》が傍におったらちゃうんやなあ」

「好きな女？」

何の話かと首を傾げる。そんな花を佐々木は信じられないものでも見るような目で見つめた。

「な、何なんですか、その目は」

うろたえながら言うと、佐々木は呆《あき》れたように息を吐く。

「お前あほなだけやなくて、色恋沙汰にも疎《うと》かったんやなあ。——秀二郎はんがお梅はんのこと好きやて、ほんまに気づかへんかったんか？」

「え、ええーっ⁉　そうだったんですか⁉」

佐々木の言葉に花は仰天《ぎょうてん》した。全くもって少しも気がつかなかった。

「むしろこっちが『ええー』言いたいとこやけどな。……て、悪いあぐり、待たせたな。そろそろ行こか」

「はい」

あぐりがにこりと笑って頷く。花は動揺を抑えつつ、八木家を出ていく二人に手を振った。二人の姿が見えなくなった頃合いで、花は梅に顔を向ける。

「あの、お梅さんは秀二郎さんのこと――」

「も、もう台所戻りまひょ。飾り切り教えてもらう約束どす」

「えー、少しくらい話してくれても……」

口を尖《とが》らせて梅のあとを追う。そこへ平間と平山が現れた。

「……うるさいな」

花たちを一瞥《いちべつ》して、平間が悪態《あくたい》をつく。

「な――」

「すんまへん、気をつけます」

言い返そうとした花の口を塞《ふさ》いで、梅が頭を下げる。平間はふんと鼻を鳴らして、平山と玄関を出ていった。これから二人で飲みに行くのだろうか。

「……神崎はんて、見かけによらんと意外に喧嘩っ早いおすな」

平間たちがいなくなると、梅はようやく手を離してため息をついた。

「すみません、つい……」

謝りつつ、ちらりと離れのある方を見る。

花が梅に料理を教えに八木家に来るようになってから、芹沢はあまり夜出かけなくなった。さっき佐伯が一緒でなかったので、もしかすると今日は二人で出かけるつもりなのかもしれないが……。

「――あ、芹沢はん」

梅の声にどきっと心臓が跳ねた。振り返ると、着流し姿の芹沢が立っている。

「こんばんは。あの、今日はお出掛けですか?」

「……今晩はどこへも出掛けない」

芹沢が答えたとたん、花は顔をほころばせた。

「分かりました。それじゃあ芹沢さんの分も晩ご飯ご用意しますね」

「ああ」

素っ気なく言うと、芹沢は厠《かわや》のある方へ去っていく。花は梅と台所へ戻りながら、こっそり笑みをこぼした。

芹沢は飲み歩かなくなり、梅はよく笑うようになった。

この時代にタイムスリップしてから、初めてと言っていいほど嬉しいことが続いていて――まるで全てが上手くいっているような、そんな馬鹿な錯覚をしていた。

▷

「――神崎さん!!」

翌朝、洗濯をするため着物を抱えて井戸へ向かっていると、山野が血相《けっそう》を変えて駆け寄ってきた。いつも落ち着いている山野がこんなに取り乱すのは珍しい。

「どうしたんですか？」

「……落ち着いて、聞いてくださいね」

呼吸を整えながら、山野が言う。

「佐々木と恋人のあぐりさんが、何者かに殺されました」

「……え？　何言って――」

冗談かと笑い飛ばそうとして、途中で口をつぐんだ。

山野の目が、泣いたあとのように赤くなっているのに気づいたからだ。

「朱雀千本《すざくせんぼん》通りで遺体で見つかったんです。斬られた痕《あと》がいくつもあって、殺しでまず間違いないだろうと――」

そこまで話すと、山野は込み上げてくるものを抑えるように唇を噛んだ。

一度うつむいて、目を閉じてから花を見る。

「これから沖田先生と現場に戻りますが、どうしますか。正直、見るのはあまり勧められない状態ですが……」

花は混乱して、洗濯物を強く胸に抱き締めた。

――佐々木が殺された？　そんな、まさか。

自分の目で確かめるまでは、到底《とうてい》信じられない。

「行きます。――行かせてください」

千本通りへは、山野と沖田と他数名の隊士たちと向かった。

通りを目指して走っているあいだ、花はまるで夢の中にでもいるような気分だった。地面を蹴る足にも、吸い込む生ぬるい空気にも、何もかもに現実感がない。

――いっそ、本当に夢ならどれだけいいか。


たどり着いた現場には、野次馬が集まっていた。それを数人の隊士たちが、近づけないよう押し止《とど》めている。

「あっ、沖田先生」

隊士の一人がこちらに気づいて声を上げた。沖田は町の人たちを押しのけて隊士のもとへ歩いていき、花たちもそのあとに続く。

「遺体はどこに」

沖田が問うと、隊士は沈痛《ちんつう》な面持《おもも》ちで振り返った。

竹藪の中に、重なり合うようにして倒れた二つの身体があった。全身を滅多《めった》斬《ぎ》りにされていて、斬り裂かれた着物は血で赤黒く染まっている。

花はその光景を、立ち尽くしたまま見つめた。

「さ、さき、さん……？」

振り絞るようにして出した声は、掠《かす》れて上擦《うわず》っていた。

――息がうまくできない。めまいがして、立っていることさえ難しい。

花はおぼつかない足取りで佐々木の傍へ寄り、力なく座り込んだ。

手を伸ばして、そっと身体に触れてみる。

佐々木の身体には、生きている人間のぬくもりを感じなかった。血の気の失《う》せた青白い腕は硬くなっていて、それは、明確な死を表していた。

「あ……嘘……」

呟く声が、震える。

「起きて、起きてください。佐々木さん……あぐりさん……ねえ……」

必死で身体を揺さぶるが、二人が目を開けることはない。

どうして、二人が。昨日まであんなに元気で、幸せそうにしていて、それなのに
――どうして。

「――自業自得《じごうじとく》やろ」

不意に、誰かのささやく声が聞こえた。

「せや、会津様の笠着た人斬りが」

「女の方も、壬生浪《みぶろ》の男なんかにほだされるのが悪いねん」

あまりの言葉に、花はしばらく呆然となっていた。

しかし次第に、身体の奥底から燃え上がるように怒りが込み上げてくる。

「……誰」

花はゆっくりと立ち上がった。振り返ると、周囲の人たちを睨むように見回す。

「今、自業自得だって言ったのは誰」

答える声はない。花は爪が手のひらに食い込むほど強く、こぶしを握りしめた。

「誰って言ってるのが聞こえないの⁉」

「――神崎さん」

止めるように山野が名前を呼ぶ。花はそれを無視した。

とても、黙っていることなんてできない。

つい数日前、水茶屋で佐々木と話したことを思い出す。

佐々木は梅が太兵衛から解放されたことを、自分のことのように喜んでいた。自分でも誰かのことを助けられるのが嬉しいと、そう笑っていた。

涙があふれそうになって、必死でこらえる。

全身の血が沸騰《ふっとう》しているみたいに熱くて、喉は焼けるように痛い。

「あなたたちに何が分かるの！　二人のこと知りもしないで、勝手なこと言わないで‼」

「神崎さん！」

山野が腕を摑んで、強く引いてきた。

「言っても無駄です」

「でも……！」

こんなのってない。二人は殺された被害者なのに――こんなのは、あんまりだ。

「……悔しいのは、俺も一緒です」

うつむいて山野が言う。その手が小さく震えているのに気づき、花は唇を嚙んだ。

「――あぐり！」

不意に野次馬の中から声が聞こえてきて、四十代半ばくらいの男女が現れた。どうやらあぐりの両親らしい。――二人がこの凄惨《せいさん》な光景を見たら、どう思うだろう。

そう考えたところで、誰かが二人を止めた。見ると、それは山崎だった。

「あの人に任せておきましょう。きっと一番適任ですから」

沖田が言って隊士たちに指示を出し始める。

花は邪魔にならないよう、端に避《よ》けて山崎たちの様子をうかがった。

「お願いします！　あぐりんとこ行かせてください！」

「あぐり……っ！」

叫ぶ二人に、山崎は緩く首を横に振る。

「お二人とも、見ん方がええです」

「そやけど！」

「……最後にあぐりはんと会《お》うたんは？」

静かに山崎が問いかける。

「昨日の夕方、愛次郎はんとこ行く言うて、めかしこんで嬉しそうに『行ってきます』言うて……」

答えるあぐりの父親の目から、ぼろぼろと涙が溢れる。

山崎は彼の背にそっと、手を添えた。

「そんときのあぐりはんを、覚えとったげてください。あぐりはんもきっと、それを望むと思います」

――幸せな思い出は、そのままに。残酷な姿で塗り潰されてしまわないように。

そんな山崎の気持ちが伝わってきて、花は胸が潰れるような想いがした。

あぐりの母親は両手で顔を押さえて、その場に崩れ落ちる。

「何で……あぐりが……っ！」

悲痛な声が響くなか、隊士たちは二人の遺体を戸板に載せて運び出していく。

花はやるせない思いで、それを見つめていた。

▷

佐々木たちが殺された事件の捜査は、遺体が見つかったその日から始められた。佐々木は隊の中では古参《こさん》に当たり、隊内には仲のいい人間も多かったため、隊士たちの多くは休日も返上して捜査を進めていた。

しかし手がかりになりそうな証拠も目撃者も見つからず、何の成果もないまま、時間だけが無為に過ぎていった。

——日が沈むのが早くなった。

燃えるような夕日が西の空へ沈んでいくのを見つめて、花はぼんやりと思った。どこからか聞こえてくる、ひぐらしの鳴く声が哀愁《あいしゅう》を誘う。

佐々木の遺体が見つかってから、もう七日がたつ。隊士たちは尊王攘夷派の人間のしわざではないかと噂しているが、確たる証拠はない。花は太兵衛との件が関係しているかもしれないと考え、芹沢に念書のことを打ち明けてみたが、ひとまずこの話は誰にもせず、一人で外へは出ないよう言われて、それきりだ。

水を汲んで台所へと戻りながら、花はうつむいた。

どんなに痛く、苦しかっただろう……。

佐々木たちの最期を思うと、それだけで胸が詰まって苦しくなる。

たとえ犯人が見つかっても、佐々木にもあぐりにも、もう二度と会うことはできない。話をすることもなければ、一緒に笑いあうこともない。

その事実が、ただ悲しかった。

「……あ」

水を甕《かめ》に移したあと、夕食の片付けをしようとして、胡椒《こしょう》がなくなっていたのを思い出した。今から急いで行けば、店の閉まる時間には間に合うはず。

藤堂に外出の許可を取ったあと、廊下を歩いていると、近くの部屋から相田が顔を出した。

「神崎さん、今からどこかへ出かけるんですか？」

「話し声が聞こえてきたんですけど……もう日が暮れてしまいますし、何かあってはいけませんから、ついて行きますよ」

ちょうど誰かに同行を頼もうと思っていたところだったので、花は頷いた。

「それじゃあお願いします。ありがとうございます」

「いいえ。では行きましょうか」

傍《かたわら》に置いていた刀を持って立ち上がる。それを見て花は目を伏せた。

「……すみません。取ってくるものがあるので、少し待っていてください」

相田に言うと、足早に自室へ戻る。部屋の隅に置いていたリュックを膝に置くと、中から懐刀を取り出した。菱屋に乗り込むとき、佐々木にもらったものだ。

花はじっと刀を見つめたあと、それを懐に仕舞った。

もうほとんど日も暮れかけていたので、提灯《ちょうちん》を持って屋敷を出た。

薄暗闇に包まれた道を、ほとんど会話もないまま相田と歩く。市中に着く頃には

すっかり日が沈んでいた。

この時代の夜はとても暗い。明かりは蠟燭《ろうそく》もあるが高価なため、油に浸けた灯芯《とうしん》

に火をつける油火《あぶらび》が主流だ。この油火の光は蠟燭の光よりもさらに小さい。

深夜でも電気の光で昼間のように明るい現代で育った花にとって、提灯の仄《ほの》かな

明かりは何とも心許なく思えた。

「佐々木さんが殺されたのは、この少し先でしたね」

不意に相田が言う。足下を見つめて歩いていた花は、その言葉に顔を上げた。

朱雀千本通り――殺された時間も、これくらいだったのだろうか。

「──あの、帰りに佐々木さんたちが殺された場所に行ってもいいですか？　何か手がかりがないか調べたくて……」

隊士たちがすでに調べ尽くしているだろうことは分かっているが、自分も何かせずにはいられない。

相田は「構いませんよ」と微笑んだ。


胡椒を買ったあと、現場へ向かうと、花は相田と周辺を調べ始めた。

竹藪《たけやぶ》の中は月明かりさえ遮《さえぎ》られ、一寸先も見えないほど暗い。提灯の明かりをかざして、何か手がかりはないかと目を凝らす。そこでふと、足元にぼろぼろの黒い紐が落ちているのを見つけた。拾い上げて明かりに近づけてみる。

紐にはところどころ色が濃くなっている部分があった。その部分を擦ってみると、指先に赤い粉のようなものがつく。──これは、血だろうか。

「何か見つかりましたか？」

「あの、ここに血みたいなものがついた紐が落ちていて……」

近づいてきた相田に紐を手渡す。相田は紐を見て、「ああ」と声を上げた。

「これ、俺の下緒《さげお》です」

「相田さんの……？　お父さんの形見だって言っていた？」

相田が刀の手入れをしていたとき、二人で話したことを思い出して尋ねる。

「はい、そうです。見つけてくれてありがとうございます」

「いえ……でも、どうしてこんなところに？」

下緒とは刀の鞘に装着する紐のことだ。詳しいわけではないが、そう簡単に落としてしまうものではない気がする。――それにどうして、血が付いていたのだろう。

相田は微笑んで、下緒を脇差《わきざし》の鞘に括《くく》りつける。

「佐々木さんの恋人――あぐりさんでしたっけ？　あの人に投げ捨てられてしまったんですよ」

言われた言葉の意味が分からず、花は戸惑って相田を見た。

「それは、どういう……」

「死んだか確認しようと思って傍へしゃがみ込んだら、下緒の端を引いて解いてどこかへ投げ捨てられたんです。探したんですけど、暗くて見つからなくて」

顔に笑みを貼り付けたまま、相田が話す。

花はまるで冷水《ひやみず》を浴びせられたような気がした。

「な……何、言ってるんですか。それじゃあ、まるで――」

まるで、相田が二人を殺したみたいではないか。

頭に浮かんだ考えに、冷汗が滲《にじ》むのを感じた。心臓が、耳元で鳴っているかのように響いている。

「相田さんが……二人を、殺したんですか？」

「はい、そうです」

あっさりと肯定《こうてい》した相田に、思わず目を見張る。

「どうして——同じ隊の仲間なのに！」

相田は失笑した。

「俺は仲間だったことなんて、これまでただの一度もありませんでしたよ」

「何を、言って……」

「はっきり言わないと分かりませんか？　——俺は尊攘派の志士で、間者として潜入していたんです」

花は口を開けたまま、呆然と相田を見つめた。

「嘘……」

「ははっ、信じたくなければ、別に信じなくてもいいですけど」

場違いなほど明るく笑って相田が言う。

信じたくない。——だが、嘘だと思えるものが、何一つない。

「どうして、佐々木さんとあぐりさんを殺したんですか」

「菱屋太兵衛が科人《とがにん》を放免していると、佐々木さんが知ってしまったからです。太兵衛はある男と取り引きをして、捕らえられた科人のうち、尊攘派の人間だけを放免する手引きをしていたんですよ。俺たちはその男の指示で、佐々木さんを殺しました」

それでは、梅を助けたあの一件が原因だというのか。

針をのんだような心地がして、花は着物の合わせを強く握り締めた。

「でも――それじゃあ、あぐりさんを殺す必要はなかったんじゃないですか？」

「そうですね。正直、あぐりさんを殺すつもりはありませんでした。ですが刀を抜いてもあぐりさんは佐々木さんを置いて逃げようとせず、結果素性《すじょう》がばれてしまったので、斬らざるを得なかったのです」

相田は少しも動揺を見せず、淡々と答えた。

「そんな……何を、平然と……」

花はあえぐように言った。込み上げる嫌悪に、吐き気がする。

「……神崎さんは海を挟んだ西の大陸に、清《しん》という国があるのを知っていますか？」

唐突に相田が尋ねた。

確か江戸時代の中国がそんな名前だったはずだが、それがなんだと言うのだろう。

もう何も聞きたくなくて顔を覆《おお》うが、相田は構わず話し続ける。

「かの国は膨大《ぼうだい》な数の民と広大な国土を持ちながら、西欧列強の侵略を許し、食い物にされています。不平等な条約を結ばされ、国内では密輸入された阿片《あへん》が流行している。風紀は乱れ、国力も見る影もないほど衰《おとろ》えてしまった。しかしそれは決して対岸の火事などではありません。このままでは間違いなく、この国も同じ道をたどります」

花はゆっくりと顔を上げた。強い意志のこもった鋭い目が、花を見すえる。

「国が沈めば数万、数十万の民が犠牲になる。それを防ぐためならば、一人や二人の犠牲は致し方ないことでしょう」

花はしばらく何も言えなかった。——相田の言っていることが、何一つ理解できない。

佐々木はただ、太兵衛から暴力を受けている梅を助けただけだ。それなのに、そんな佐々木を殺すことがどうして国を救うことに繋がる？

「……相田さんは、間違ってます」

花は緩く、首を横に振った。全身が鉛《なまり》に変わってしまったように重たい。

「たとえそれでこの国が救われるとしても、何の罪もない人まで殺さないと手に入らない未来なら、私はそんなものいらない」

言った瞬間、相田の顔色が変わる。

「――それを、お前らが言うのか」

怒りを押し殺したような声に、花は身をこわばらせた。

「五年前、幕府が安政の大獄《たいごく》によって攘夷派を弾圧したことを忘れたのか？　百余名の人間が連座《れんざ》することになった、あの地獄のような一年を……！」

固くこぶしを握り締めて相田が問う。

「俺の父はただこの国の行く末を憂《うれ》い、どうすれば列強諸国に対抗することができるか考えていただけだ。それを――誰よりこの国を想っていた父を罪人として捕らえ、殺したのは幕府側の人間だろう」

相田は言葉をうしなっている花を睨んだ。

「俺は、お前みたいな人間が一番嫌いだ。口では高尚《こうしょう》なことを言って、結局いつも何もしないで見ているだけじゃないか。お前たちが安穏《あんのん》と暮らしている影で、一体どれだけの血が流されていると思っているんだ？　殺しが悪だと言うのなら、俺の父が拷問を受け、弱り、死んでゆくのをどうして止めなかった！」

叫ぶように相田が問う。

「そ、れは……」

どうしても何も、そもそもそんなことがあったなんて、自分は知らなかった。

――そう、知らなかったのだ。平和な現代の日本に生きてきて、そこに至るまでにどれだけの犠牲があったのか、知ろうともしなかった。そんな自分に、相田を責める資格はあるのだろうか。頭の中が混乱して――もう、何もかもが分からない。

一体誰が正しくて、誰が間違っているのか。何が正義で、何が悪なのだろう。

相田はうつむいて、ため息をついた。

「もうやめましょう。……どうせあなたはここで死ぬんですし」

言って、腰の刀をすらりと抜く。花ははっと息をのんだ。

「佐々木さんと菱屋に乗り込んだのは神崎さんでしょう。実はずっと、こうして連れ出せる機会をうかがっていたんです」

相田が刀を構える。脳裏に、無残に斬り殺された、佐々木たちの死体が浮かんだ。

――殺されるのか。

自分もあんな風に斬り刻まれて、もの言わぬただの肉塊になるのだろうか。

「……やめて……」

震える声で言って、後ずさる。手から力が抜けて、提灯が落ちた。

辺りが一瞬で闇に包まれる。まばたきもせずにいると、竹の葉の間からもれた月の光に、相田の振り上げた刀が照らされるのが見えた。

「――い、やあああぁ！」

悲鳴が喉からあふれ出た。反射的に踵を返すと、無我夢中で走り出す。

早く――早く、逃げなければ。

すぐうしろで、追いかけてくる相田の足音が聞こえる。気持ちばかりが急《せ》いて、足がもつれた。

勢いよくうつぶせに倒れ込むそのうしろで、ひゅんと刀を振る音が聞こえた。

今、転ばなければ斬られていた。相田は本当に、自分を殺す気なのだ。

もはや叫ぶ余裕もなく、花は立ち上がろうともがくように地面に手をついた。

「い……っ」

その瞬間、肩に焼けるような痛みが走る。斬られたのだろうか。分からない。

ただ死ぬのが怖くて、死にたくなくて、歯を食いしばって身体を起こした。そのはずみに懐から何かが落ちる。――佐々木に貰った懐刀だ。

花はとっさに懐刀を摑んで立ち上がり、相田を振り返った。

「……なんだ、殺しを否定しておいて、しっかり刀を持っているんじゃないですか」

あざけるように相田が笑う。花は震える両手で懐刀を握り締めた。

痛みと恐怖で、涙があふれて止まらない。

「さっさと抜いたらどうですか？　何もしなければ殺されるだけですよ。……それに、俺は佐々木さんを殺しているんです。仇《かたき》を討ちたくはないんですか？」

――そうだ。相田は佐々木とあぐりを殺した、憎むべき仇なのだ。

花は肩で息をしながら、相田を睨んだ。

この刀で、相田を斬ればいい。相田は佐々木とあぐりを殺して、自分のことまで殺そうとしている。何をためらう必要がある。

――相田が佐々木たちにしたように、斬って、斬り刻んで、殺してやればいい。

唇を噛んで、ゆっくりと鞘を摑む。その手を誰かの手が押さえた。

「抜くな。――抜かんでええ」

弾《はじ》かれたように振り向くと、そこには山崎が立っていた。もうそれほど暑くもない季節だというのに、髪から滴るほど汗をかいて、息を弾ませている。

山崎は呼吸を整えながら、腰の刀を抜いた。

「刀を捨てろ、相田。大和屋庄兵衛の命で佐伯とともに佐々木を殺した件、及び隊の金を盗んだ件について、聞かせてもらうで」

「……なんだ、全部ばれていたんですか」

相田が肩をすくめて笑う。

「佐々木さんたちを殺したかいがなかったな。――いつから俺のことを疑ってたんですか？」

「入隊してすぐん頃、平間先生捜しとる言うて勘定方の部屋から出てきたやろ。あんときからや。朝稽古前の人がおらん時間にわざわざ訪ねて、ほんで誰もおらんて分かっとるのに部屋ん中まで入っとったら、そら怪しい思うやろ」

「なるほど、確かに。でも山崎さん、少しも俺のこと疑ってなさそうだったじゃないですか」

　首を傾げて相田が言う。

「そら疑っとるて気づかれたら調べにくいさかい。――騙しとるんは自分らだけや思うとるから騙されんねん」

「……壬生浪士なんてただの烏合《うごう》の衆だと思っていましたが、意外と学ぶところがありますね」

　相田は笑って、「ああ、そうだ」と思い出したように横を向いた。

「もう一つ、学んだことがありました。……又三郎《またさぶろう》さん」

　相田の呼びかけに、藪の中から黒い影が現れる。刀を手に相田の隣に並んだのは、佐伯だった。

「作戦行動は一人で行わないこと。これは確かに、利にかなっていますね」

山崎の背に僅《わず》かに緊張が走ったのが分かった。

「……神崎、今すぐ屯所に向かって走れ」

刀を構えたまま、山崎が小声で言う。

「そこまで行ったら隊士の誰かに会うやろから、二人以上でこっちに来させ」

「二人以上……？」

どうしてかと尋ねようとして、気づいた。山崎は自分が斬られたときのことを想定して言っているのだ。

「嫌です」

花は必死で首を横に振った。

殺されるかもしれないのに、山崎一人を置いて逃げるなんてできない。

「山崎さんも一緒に逃げてください」

死ぬのは怖い。――だが、自分のせいで山崎が死ぬのはもっと怖い。

「俺は大丈夫やから、はよ行け」

相田と佐伯が刀を構え、こちらに向かってくる。山崎は片手で強く、花をうしろに押しのけた。

「走れ！」

怒鳴るような声に、びくりと身体が跳ねる。花は震える足を叱咤《しった》して走り出した。

背後からは激しい剣戟《けんげき》の音が聞こえてくる。

――どうか、お願いだから死なないで。

暗闇の中を走りながら、懸命に祈った。山崎が斬られることを思うと、勝手に涙があふれて止まらなくなる。花は泣きながら懐刀を胸に抱きしめた。

抜けばよかった。懐刀を抜いて、山崎と相田たちに立ち向かえばよかったのに、どうして一人で逃げてしまったのだろう。

後悔に押し潰されそうになりながら、花はそれでも振り返ることなく屯所を目指して走り続けた。


しばらくして屯所に着くと、芹沢と数人の隊士たちが集まっているのを見つけた。事情を説明するとすぐに千本通りへとって返す。

花は全力で走ったが、隊士たちの走る速さにはついていけず、山崎と別れた場所へ戻る頃には一人になっていた。竹藪には尾関雅次郎《まさじろう》という隊士が一人だけ残っていて、地面にしゃがみ込んでいる。

「山崎さん、大丈夫ですか!?」

その声に目を向けると、尾関の前に人が横たわっているのに気づいた。

「山崎さん……⁉」

すぐさま駆け寄る。倒れていたのはやはり山崎で、片手で脇腹を押さえていた。

「騒ぐな。……ちょっとかすっただけやから」

苦笑して山崎が答える。しかしその顔はひどく青ざめて見えた。

「はよ医者に運ばな……！　俺、近くの家で戸板を借りてきます！　神崎はんはここにおってください！」

尾関が言って、走り出す。花は山崎の傍に座り込んだ。

「……お前は、怪我してへん？」

山崎が視線だけ寄越して尋ねる。人のことなど、心配している場合ではないのに。

花は固くこぶしを握り締めた。

「山崎さんの馬鹿！　なんで、私だけ逃がして……っ」

言った瞬間、また涙がこぼれ落ちた。

「……泣くなて」

山崎が重そうに腕を持ち上げる。血の付いた指先が、花の頬をそっと拭《ぬぐ》った。

「俺、お前に泣かれるん……弱いみたいやわ」

言って、少し困ったような笑みを浮かべる。花は山崎の手を両手で握り締めた。

胸が痛くて、苦しい。泣くまいと思えば思うほど、瞳から涙があふれた。

「山崎さん……」

「……悪い」

山崎の手から、ふっと力が抜ける。

「ちょっと、眠い――」

言いながらゆっくりと瞼《まぶた》を閉じていく。花は握った手に強く力を込めた。

「やだ、山崎さん！　しっかりしてください！」

身を乗り出して何度も呼びかける。しかし山崎が目を開けることはなかった。


尾関は近所の住人と戸板を持って戻ってくると、気を失ったままの山崎を乗せて、一番近くの医者の家へ運んだ。

「あんたはんはこっち」

医者の助手らしき男に引っ張られ、花は山崎とは別の部屋で治療を受けた。緊迫した声で何か言い合いながら、人が目の前を慌ただしく行き交う。その光景を、花は半ば放心して見つめていた。

肩の傷はそれほど深くなかったようで、軟膏《なんこう》のようなものを塗ってさらしを巻かれると、すぐに解放された。そのあとは尾関たちに事の詳細を聞かれたが、自分でも何を話したのかあまり覚えていない。

やがて芹沢たちが現れて、相田に逃げられたと話した。佐伯は芹沢が斬り殺したらしい。それらの話を花は他人事のように聞いていた。人が一人死んだにもかかわらず、心が麻痺《まひ》しているように何も感じなかった。

山崎の治療は半刻ほどで終わったが、依然意識は戻らないままで、予断を許さない状態だという。

傍にいたからといって何ができるわけでもないため、結局、護衛の隊士を一人残して花たちは屯所へ戻ることになった。

▷

遠く、鐘の鳴る音が聞こえる。花は目を開けて、ゆっくりと顔を上げた。膝を抱えて座ったまま、少し眠ってしまっていたようだ。

格子窓《こうしまど》の外は薄暗い。いつもなら夕食の支度をしている時間だが、肩の怪我のこともあり、二、三日は大人しくしているよう言われていた。

昨夜の事件から何もする気になれず、ただこうしてぼんやりと時を過ごしている。

――もしもあのとき、佐々木と菱屋に乗り込まなければ。もしも懐刀を抜いて、相田たちを斬っていれば。

こんなこと、今さら考えたって遅い。そう分かっているのに、気がつくとすぐにそこへ思考が戻っている。

「――神崎、いるか」

不意に部屋の外から、聞きなれない声が聞こえてきた。戸を開けると、副長助勤の斎藤一が立っている。斎藤は藤堂と同年で幹部の中では最年少だと聞いているが、物静かな青年で、直接話をしたことはほとんどない。

「土方さんが呼んでいる。ついてこい」

それだけ言うと、斎藤は返事も待たずに歩き出してしまう。花はのろのろと立ち上がり、斎藤のあとを追った。

「土方さん、斎藤です。神崎を連れてきました」

「……ああ、入っていいぞ」

中から声がして、斎藤が障子を開ける。部屋に入り座ったところで、文机《ふづくえ》に向かって書き物をしていた土方が顔を上げた。

一目花を見るなり、「ひでえ顔だな」と眉をひそめる。いつもなら何か言い返したかもしれないが、今はとてもそんな気にならずうつむいた。

土方は小さくため息をつく。

「……昼過ぎに山崎の護衛についていた隊士が帰ってきた。無事に意識が戻ったそうだ。傷も、しばらく安静にしてりゃあちゃんと治るとよ」

花は、弾かれたように顔を上げた。言葉もなく土方を見つめる。

「おい、聞いてんのか？」

黙ったままの花に、土方が怪訝そうに眉を寄せる。と、次の瞬間、花の目から涙がこぼれ落ちた。それを見て土方はぎょっとしたような顔をする。

「おっ、おい、治るっつってんだろうが！　縁起が悪い！　泣くな！」

そう言われてなんとか泣き止《や》もうとするが、花の努力とは裏腹《うらはら》に、涙はぼろぼろと頬を伝い落ちた。土方は居心地悪そうに頭を掻きながら、明後日《あさって》の方を向く。

「──三条《さんじよう》の太物問屋《ふとものどんや》、木次屋《きつぎや》」

「え……？」

「そこに山崎がいる。俺は忙しくて顔出せねえから、代わりに見舞いに行ってこい」

ぶっきらぼうに言う土方を、花は目を瞬《しばたた》いて見た。

「勘違いすんなよ、お前はただの代理だ。別にお前のために言ってるわけじゃねえ」

念を押すように言うと、傍に置いていた巾着から銀貨を一枚出して花に投げた。

「それで何か精のつきそうなもん買っていってやれ」

「はっ、はい……！」

銀貨を受け止めて、すぐさま立ち上がる。

「ありがとうございます、土方さん！」

「だからてめえのためじゃねえ――って、おい！　聞いてんのか⁉」

土方の怒鳴り声を背中に聞きながら、花は部屋を出て廊下を走り出した。

――ずっと、暗い海の底に沈んでいるようだった。怖くて、息が詰まって、苦しかった。

だが、山崎は生きていた。ただそれだけで、胸がいっぱいで、救われたような気持ちになった。


太物問屋『木次屋』は三条通りにひっそりと佇《たたず》んでいた。中からは仄《ほの》かに明かりがもれていて、人の気配がする。店の前に立った花は、大きく息を吸い込んだ。

「あの――すみません」

のれんをくぐりつつ、声をかける。少し間を置いて、奥から髷《まげ》を結った初老の男が現れた。

「おいでやす」

「こんばんは、山崎さんに会いにきたんですけど……」

花が言うと、男は警戒するように顔を強張《こわば》らせた。

「山崎はんに……？　あんたはん、どなたどすか？」

「壬生浪士で料理人をしている、神崎花という者です」

「……なんや、壬生浪士の方どしたか」

ほっとしたように男が表情を緩める。

「あては木次屋の辰五郎《たつごろう》と申します。山崎はんどしたら二階にいてはりますさかい、どうぞ、ついて来てください」

そう言うと辰五郎は、花に背を向けて歩き出した。木次屋は壬生浪士に協力している同志で、隊士が町で情報探索をするときなどに部屋を貸したりしているらしい。山崎は医者の家から屯所へ移動するのがまだ難しかったため、ひとまず近くの木次屋へ移ったのだそうだ。

「そやけど、壬生浪士にこない可愛いらしい娘はんがいてはるとは、知りまへんどしたわ。うっとこの娘とそない歳も変わらへんように見えますのに、大変どすなあ」

「娘さんがいらっしゃるんですね」

辰五郎のあとに続いて階段を上りながら、首を傾げる。

「へえ。ずいぶん前に家内を亡くして、そっからは娘と二人暮らしで。一昨日から親戚の家に行っとって、今はおらんのですけど」

辰五郎の言葉がそこで止まる。振り返ると、階段の突き当たりにある障子を指さした。

「ここが山崎はんのいてはる部屋どす。もしかしたら寝てはるかも知れまへんので、静かにお願いします」

声をひそめて言った辰五郎の言葉に、黙って頷く。辰五郎は微笑むと、花を残して階段を下りていった。

一人残された花は、障子を前にしてしばし固まっていた。

この障子を一枚隔てた向こう側に山崎がいるのかと思うと、急に心臓が忙しく鳴り始める。静かにと言われたが、黙って入っていいものだろうか。さすがに入るときくらいは声をかけた方がいいだろうか。

しばらく悩んだ末に花は、「山崎さん、神崎ですけど……」と声をかけてみた。少し待ってみたが、中から返事が返ってくることはない。

ここでまた、しばらく逡巡《しゅんじゅん》する。

しかしとうとう覚悟を決めると、できるだけ音を立てないよう静かに障子を開けた。広さは六畳ほどで、文机が一つと布団が一組敷かれているだけの、殺風景な部屋だ。花は足音を忍ばせて歩き、枕元に座った。布団には山崎が横になっていて、目を閉じて眠っている。

まだ少し顔色が悪い。息も苦しそうだ。――けれど、それでも生きている。

目の奥が熱くなって、こらえる間もなく涙がこぼれた。慌てて部屋を出ようと立ち上がる。

「かん……ざき?」

山崎に背を向けたそのとき、低く掠れた声が聞こえた。振り返ると、山崎が横になったままこちらを見上げていた。

山崎は花の顔を認めるなり、布団から起き上がろうとする。

「駄目です、安静にしてないと!」

慌てて膝をつき、身体を支えるが、

「大丈夫、大丈夫やから……」

やんわりと制されて手を離した。山崎は自分の力で身体を起こすと、小さく息を吐いて微笑んだ。

「なんや俺、半日以上寝とったらしいな。そないたいした傷でもないのに」

「なっ、何言ってるんですか、あんなに血流して！　大したことないわけないじゃないですか！」

「俺がたいしたことない言うてんねやから、たいしたことないねん」

山崎は言って、花の顔を見る。

「……せやから泣くなて、神崎」

花は唇を噛んでうつむいた。泣くなと言うなら、そんなに優しい声で、顔で、言葉をかけないで欲しい。

許されているみたいで、涙が止まらなくなる。

「こ……っこわかった……山崎さんが、死んじゃったら……って……」

花は嗚咽《おえつ》をもらしながら言葉を吐き出した。

「わたし……わたしの、せいで……っ！」

「……あほ。もし俺が死んどったかて、それは俺を斬ったやつのせいで、お前のせいやあらへんやろ」

諭《さと》すように山崎が言う。その声はやはり優しくて、余計に涙があふれた。

「だっ、だって……だって……！」

「あぁもう、泣き虫やなあ」

山崎は困ったように笑って花の頭を撫でた。まるで子ども扱いだったが、その手は心地よく、花は涙が止まるまでされるがままになっていた。

「なあ、肩は大丈夫なん？」

花が泣き止んで落ち着いたところで、山崎が聞いてきた。

「肩？」

「斬られたんやろ」

その言葉にようやく合点がいく。

「大丈夫です。もう血も止まってますし」

心配させまいと笑って答えるが、山崎の表情は晴れない。

「女やのに刀傷なんか負わしてもうたな」

「そんな、それこそ山崎さんのせいじゃないですよ。それに傷も浅かったですし、これくらい平気です」

「平気なわけないやろ」

きつい口調で言って、花を見つめる。山崎の目は真剣で、心から心配してくれているのが伝わってきた。それがどうしてか落ち着かなくて、思わず顔をそらす。すると山崎の手が伸びてきて、そっと花の頬を撫でた。

「ここも、怪我しとるやん」

花は束の間固まって、次の瞬間、顔を真っ赤にした。

そういえば、相田に追われたときにできたと思われるかすり傷が頰にあった。頭の片隅で思い出しながら、心臓は破れそうなほど高鳴っている。

「そっ、そこは、たいした怪我では」

うろたえながら、視線をさまよわせる。

「……もう痛ない？」

「はっ、はい、全然」

だから早く手を離してほしい。そう思うのに、山崎はなかなか離そうとしない。

「膿《う》んだりはしてなさそうやな……」

「し、してないです。全く。少しも」

「そうか。痕《あと》残ったりせんかったらええんやけど」

「だ、大丈夫です！　綺麗に治ります！」

「……ほんまやろか」

山崎の硬い手のひらが、調べるようにゆっくりと頰をなぞる。

花はとうとう我慢できなくなり、身を引いた。

「そ、そんなことより！　土方さんに頼まれて、お見舞いの品を買ってきたんです！　これ、食べてください！」

言いながら途中で買った菓子折りを差し出す。――と、はかったようなタイミングで、ぐうとお腹が鳴った。

「……あー、堪忍《かんにん》。今のは俺の……」

「二人しかいないのに、それは無理があります……」

つっこむと、山崎は「……せやな」と言ってうつむいた。肩が微《かす》かに震えている。

「もういいですよ、こらえなくてっ！　ひと思いに笑い飛ばしてください！」

「わ、悪い……おもろすぎ……っ」

怪我に響くのか、山崎は脇腹の辺りを押さえながらくつくつと笑う。

……山崎がこんな風に笑うところは初めて見た。花は思わず山崎を見つめる。

不思議と嫌な気持ちはせず――むしろ少し、嬉しかった。

「久しぶりにこない笑《わろ》うたわ……」

「……ちょっと笑いすぎじゃありません？」

しばらくして笑いをおさめた山崎に、花は口を尖らせた。

それを見て、山崎はふっと目を細めて微笑む。

「堪忍。飯も食わんと、急いで来てくれたんやんな？　……おおきに」

「……もうやだ、山崎さん嫌い……」

なんでもお見通しで、こんな言葉一つで機嫌をとられてしまう自分が悔しい。

山崎は小さく笑って、花の買ってきた菓子折りを開けた。

「これ、お前も食べ。腹減ってんねやろ」

「えっ、いや、私は大丈夫です！　それは山崎さんに買ってきたので！」

慌てて首を横に振る。しかし並んだ饅頭《まんじゅう》を見ると、再びお腹が鳴った。

「ほら、我慢せんでええから」

お腹を押さえてうなだれる花に山崎が笑って促す。花は渋々饅頭に手を伸ばした。

「……いただきます」

一口食べると、ほどよい甘さのあんが口の中に広がる。買ってきたのは薯蕷《じょうよ》饅頭で、皮にはつくね芋が使われているらしい。現代でも食べたことがあったが、味に違いはなく、なんだか懐かしい気持ちになる。

饅頭を食べ終わる頃にはすっかり日が暮れていて、一人で帰るのは危ないからと、山崎の勧めで今日は木次屋に泊まらせてもらうことになった。

▷

金属のぶつかり合う、鈍く硬質な音が聞こえる。暗闇の中、時おり閃《ひらめ》くあれは——刀だ。山崎と相田が、刀を手に斬り合っている。

花は少し離れた場所からそれを見つめていた。どうして、仲間であるはずの二人が戦っているのか。

佐々木、金、間者《かんじゃ》、人殺し——……。

いくつもの単語が頭に浮かび、胸を焼くような吐き気が込み上げてくる。

何も見たくない。聞きたくない。花は固く目を閉じて耳を塞ぐと、その場にうずくまった。どうしてこうなったのだろう。自分はどこで、何を間違えたのだろう。

瞼の裏に佐々木とあぐりの笑顔と、斬り刻まれて動かなくなった死体が浮かぶ。もしも自分がこの時代に来ていなかったら……佐々木とあぐりは、死なずにすんだだろうか。

花はゆっくりと耳を塞いでいた手を離した。いつの間にか、耳鳴りのように響いていた刀の音が消えている。おそるおそる目を開けると、前に誰かが立っていた。

「あ……」

顔を上げた先には、自分に向かって今まさに刀を振り下ろそうとする、相田の姿があった。

▷

　はっと息を吸い込み、飛び起きる。荒い息を繰り返しながら、花は口を押さえた。

「夢……」

　確かめるように声に出して、小刻みに震える肩を抱き締める。しばらくの間そうしていて、落ち着く頃に喉が渇いているのに気づいた。

　すぐにまた眠る気にもなれず、花は部屋を出て台所へ向かうことにした。

　台所で水を飲むと、そのまま流しの前でぼんやりとする。恐ろしい夢を見た、あの部屋に帰るのが怖かった。

「――神崎？」

　不意に声をかけられて、肩が跳ねた。振り返ると、秉燭《ひょうそく》を持った山崎の姿がある。

「山崎さ――」

　名前を呼びかけて、声が震えていることに気づき、口を閉じた。

「……どないしたん？」

心配するような声色で、山崎が尋ねる。花は小さく深呼吸して、笑みを浮かべた。

「変な夢を見て起きただけなので、気にしないでください。それより山崎さん、歩いて平気なんですか？」

精一杯元気を出して言ったつもりだったが、山崎は黙ったまま歩いてきて花の隣に並んだ。

「佐々木のことも相田のことも、まだそないたってへんねやから、気持ちの整理つかんでも当たり前や。……無理せんでええ」

優しく言い聞かせるように山崎が言う。花は身体の前で強く両手を握った。

「相田さんのこと……聞いてもいいですか？」

尋ねると、山崎はちらりと花を見て頷いた。

「壬生浪士が屯所にしとる前川家の荘司はんと、太兵衛が従兄弟《いとこ》同士なんは知っとる？」

「はい……。前に佐々木さんから聞いて」

「相田は荘司はんの紹介で入隊したんや。荘司はんに紹介するよう言ったんは太兵衛、ほんで太兵衛に指示したんが大和屋の庄兵衛。……荘司はんはそないな事情知らんかったみたいやけど」

山崎は壁にもたれて、手の中の小さな明かりを見つめる。

「相田と佐伯は隊から大金盗んどったんやけど、そん金は庄兵衛に流しとったんや。庄兵衛は相田らから受け取った金で生糸を買い占めて、儲けを独占した。ほんで相田らのために、太兵衛に生糸を安く売って儲けさせ、尊攘派志士を放免させとったんや」

「……その悪事がばれたから、庄兵衛さんが相田さんと佐伯さんに、佐々木さんを殺させたんですか？」

「せや。けど相田らも間者やてばれたなかったやろうし、言われんでもやっとったと思う」

　山崎の言葉に花はうつむいた。

「山崎さん、安政の大獄って知ってますか？」

「知っとるけど、なんで？」

「……相田さんが、お父さんを殺されたって言ってて」

　花が答えると、山崎は「そうか」と呟くように言った。

「発端《ほったん》は時の大老《たいろう》、井伊直弼《いいなおすけ》様が勅許《ちょっきょ》も得んと異国との条約を結んだことにある。そん条約がこん国にとって不利益なもんばっかしやったさかい、攘夷派の連中は憤《いきどお》って大老に反発したんや。ほんで井伊大老は、それを武力でもって弾圧した。弾圧は日を追うごとに厳しゅうなって、みんな怯えて幕府に対する不満は口にせんようなって――それでもぎょうさん人が捕まって、罰せられた。これが安政の大獄や」

「それって、どうやって終わったんですか？」

「井伊大老が暗殺されたんや。江戸城の桜田門《さくらだもん》のところで。知らん？」

「あ……聞いたことは、あります」

歴史の授業や、大河ドラマで何度か耳にしていた。――なぜ殺されることになったのかは、知りもしなかったが。

花は目を伏せて、着物の合わせをぎゅっと握り締めた。

「私、佐々木さんとあぐりさんを殺した相田さんが憎いです。あんな、人を人とも思っていないような殺し方……今思い出しただけでも、胸の中がぐちゃぐちゃになって、息が苦しくなる」

「神崎……」

「――でも、相田さんも私と同じような思いをしたんだとしたら、私……私のこの気持ちは、正しいのか分からなくなって」

吐き出すように言って、顔を上げる。

「山崎さんはどうして、私が懐刀を抜こうとしたとき止めたんですか？」

尋ねると、山崎は視線を落としたまま口を開いた。

「どないな理由があっても、人を殺したら必ず誰かの恨みを買うことになる。恨まれたやつが殺されて、殺したやつが恨まれて、また殺されて――そういう連鎖《れんさ》に終わりはない」

　山崎が視線を上げて花を見る。

「……俺はお前に、こない世界に嵌《はま》ってほしくない」

目の前がじわりと滲んだと思うと、次の瞬間には頬を熱いものが伝っていた。

もういい加減、枯れたと思っていたのに。

こぼれる涙を拭っていると、山崎の手が頭にのせられた。

「もう忘れ。……全部、なかったことにしたらええねん」

「――でも」

「自分のこと責めるな。お前は何も悪うない」

山崎の手が宥《なだ》めるように頭を撫でる。どうしようもなく涙があふれて、花は固く目を閉じた。

「大丈夫。大丈夫やから……」

▷

翌日の朝になって、花は前川家に戻った。無断の外泊だったが、土方が昨夜から不在だったのと、山崎が事情を文《ふみ》にしたためて持たせてくれたおかげで、特に咎《とが》められることはなかった。

「あれ、もう肩の怪我は治ったんですか？」

夕方、夕食を作っていると、沖田が台所を訪ねてきた。花の料理中、沖田は時おり台所につまみ食いをしに来るのだが、久しぶりに顔を見た気がする。

おそらく佐々木が殺されて、相田と佐伯が間者だったと分かり、副長助勤という立場の沖田は仕事に追われていたのだろう。

「はい、もう平気です」

「へえ……」

沖田がじっと花の肩を見つめる。どうしたのかと訝《いぶか》しく思っていると、沖田はおもむろに花の肩に手を置いてなかなかの力で握った。

「いっ……何するんですか！」

「なんだ、やっぱり治ってないじゃないですか」

「確かめるならもっと別の方法にしてください！」

痛む肩を押さえつつ沖田を睨む。沖田はそっぽを向いた。

「嘘をつくあなたが悪いんでしょう。治りきってないなら、まだ休んでいるべきです。……土方さんに何か言われたんだとしたら、私が話をつけてもいいですし」

少し怒ったような口調で言う。その横顔を花は目を瞬《しばた》いて見た。

一応、沖田なりに心配してくれていたのだろうか。

「ありがとうございます。でも普通に生活するぶんにはもう大丈夫なので」

「……ならいいですけど」

ぼそりと言って、沖田は花が作っていた料理に目を向けた。

「あっ、つまみ食いは駄目ですからね」

先手を打って言う。しかし沖田はそれには答えず、近くの棚から紐を取ってたすきがけした。

「何してるんですか？」

「今日は私も手伝ってあげますよ」

「え」

思わず顔を引きつらせる。

「そんなに警戒しなくても大丈夫ですって。こう見えて私、料理は得意なんですよ？」

「……本当ですか？」

「はい。昔風邪をひいた近藤先生におかゆを作ったとき、これまで生きてきて出会ったことのない、凄まじい味だって褒めてもらいましたから」

それはおそらく褒め言葉ではない気がする。

花は『絶対に沖田に自分の料理を触らせない』と固く心に決めた。

「あのですね、沖田さん。料理というのはとても繊細《せんさい》で――」

「沖田先生、大変です！」

突然台所に隊士が飛び込んできた。

「そんなに急いで、何事ですか？」

「芹沢局長が隊士を十人ばかり連れて、大和屋に乗り込んだんです」

「え……!?」

驚いて、思わず声がもれた。庄兵衛と太兵衛については、まだ確たる証拠が掴めておらず、捕まえられないと聞いていた。それなのに、なぜ――。

「分かりました。すぐに行きます」

沖田が表情を引き締め、たすきを解く。

「――あの、私も連れていってください！」

隊士とともに台所を出ようとした沖田に、とっさに頼む。沖田は少しためらったのち、「勝手な行動はしないでくださいよ」と頷いた。

大和屋のある葭屋町《よしやまち》一条通りは騒然となっていた。火見櫓《ひのみやぐら》の鐘の鳴る音、集まった大勢の野次馬。――そして、暮れ始めた景色の中、ごうごうと音を立てて燃える、赤い炎。

十分離れた場所にいるにもかかわらず、炎の熱が伝わってきて、頬が熱い。

「これは……」

さすがの沖田も驚いたようで、呆然と大和屋の敷地に上がった炎を見上げている。そこへ野次馬の中から山野が現れた。

「山野さん。どうしたんです、これは」

「芹沢局長が大和屋の蔵に火をつけたんです。火消しが来ても、脅して近づけさせなくて」

その言葉に周囲を見回すと、確かに火消しと思《おぼ》しき男たちが立っている。しかし大和屋の前には平間や平山など壬生浪士の人間がいて、刀を構えているため近づけない様子だ。

「芹沢さんはどこに……？」

姿が見当たらず当惑していると、燃える蔵の方から誰かが歩いてくるのが見えた。――芹沢だ。

「芹沢鴨……！　こないなことして、ただで済む思うとるんか！」

庄兵衛が怒りに震えながら、芹沢に摑みかからん勢いで怒鳴った。

「お前が庄兵衛か」

「そや！　あての儲け全部燃やしおって、あんたのことはどないしてでも追いつめたる！」

「……そうか」

静かに言うと、芹沢は刀を抜いた。庄兵衛の目が大きく見開かれる。

「な、何を――あんた、正気か⁉」

叫ぶように問うが、芹沢は黙ったまま刀を構えた。

「や、やめ……っ、誰か、助け――」

庄兵衛が踵を返したその瞬間、芹沢が刀を振り上げる。

「神崎さん！」

沖田の背で視界が覆われた。その背中越しに、ドサリと重たい荷物を下ろしたような音が聞こえる。

「ぐ、あああっ‼」

一拍置いて、庄兵衛の叫び声が辺りに響く。花は今しがた起きたことがのみ込めず、ただ沖田の背を見つめた。

「し、庄兵衛はん……」

ふと聞こえた声に顔を向けると、そこには菱屋太兵衛の姿があった。

沖田の背を避けて向こう側を見る。

太兵衛の前には芹沢が立っていて、その傍には黒い塊が転がっている。芹沢は表情一つ変えず、その塊——庄兵衛の足に刀を刺した。

再び響いた叫び声に、思わず息をのんで、両手を握り締める。

「覚えておけ。お前もこれ以上何かしようものなら、俺がこの手で斬ってやる」

芹沢の言葉に、太兵衛は顔を真っ青にした。

「ひ、ひい……っ！」

情けない悲鳴を上げて、芹沢の前から逃げ出す。芹沢はその背を蔑《さげす》むような目で見て、庄兵衛から刀を引き抜いた。

「芹沢先生」

沖田が声をかけて、一歩前に踏み出した。芹沢はようやく気づいたようにこちらを向く。

「なぜこんなことをしたんです」

「どうやっても奉行所では裁けないのだろう。それなら自ら手を下すほかない」

「それにしても、こんな大勢の人の前で斬るなんて。これでは芹沢先生の身が——」

「くだらん。……先のことなどどうでもいい」

懐紙《かいし》を取り出して刀を拭うと、腰の鞘に戻す。

「――平間。どれだけかかってもいい、蔵は燃やし尽くせ」

「はい」

答えると、平間は振り返って声を上げた。

「おい、聞いたか！　もっと燃えるものを持ってこい！」

平間の言葉に周囲の隊士たちは、大和屋ののれんや戸板を外していく。そのうしろでは、庄兵衛の家族らしき女の人と子どもたちが、泣きながら庄兵衛を囲み、手当てをしていた。

あの人たちにとっては、きっと自分たちこそが悪なのだろう。

そんな思いが胸に浮かび、息が詰まった。

――それでもどこかで、大和屋の火事と斬られた庄兵衛を見て、仄昏《ほのぐら》い喜びを感じている自分がいる。誰を傷つけ悲しませても、佐々木たちが味わった苦しみを庄兵衛に味わわせてやりたいという気持ちが、自分の中にもあったのだ。

唇を引き結び、燃え盛る炎を見つめる。打ち鳴らされる鐘の音が、いつまでも耳の奥で響いていた。

五品目　思い出のだし巻き卵

庄兵衛が芹沢に斬られた日の翌日、花は久しぶりに八木家を訪れていた。芹沢がいないか、少し緊張しつつ玄関を上がる。

「お花はん、怪我《けが》はもうええんどすか？」

雅が中から出てきて尋ねた。

「はい、もうすっかり。――ところで、芹沢さんっていますか？」

「今日は昼から飲みに行ってはります」

「……そうですか」

いつもなら複雑な気持ちになるところだが、今日は安堵《あんど》した。昨夜の記憶はまだ鮮明に頭に残っていて、まともに芹沢の顔を見る自信がなかった。

それに――芹沢が庄兵衛を斬ったことについて、どう受け止めるべきなのかまだ分からないでいる。

花は視線を落として唇を引き結んだ。自分と佐々木はただ太兵衛から梅を助けたかっただけなのに、どうしてこんなことになってしまったのだろう。

いっそのこと、初めから太兵衛を斬っていればよかったのだろうか。――それとも、人を守る力も覚悟もないくせに、梅を助けようと思ったこと自体が間違いだったのだろうか。

「……神崎はん?」

声をかけられてはっと顔を上げる。いつの間にか雅のうしろに梅が立っていた。

気まずさに、思わず視線をそらしてしまう。

「すみません、お梅さん。約束したのにしばらく来られなくて……」

軽く頭を下げて言うと、花は雅に向き直った。

「……それじゃあ、今日も台所お借りします」


二人で台所に立つと、花は取り繕《つくろ》うように笑みを浮かべた。

「一緒に料理するの久しぶりですよね! 何作りましょうか?」

尋ねられ、梅は考えるように目を伏せる。

「……神崎はんの好きなお料理はどうどす?」

「私……?」

首を傾《かし》げると、梅は頷《うなず》いて花を見た。

「今日、元気ないように見えて」

「あ――すみません。気を遣わせてしまって」

「神崎はんが謝ることやないどす。……むしろ、うちが謝らな」

梅はうつむいて、ぎゅっと着物を握り締めた。

「佐々木はんが殺されたんは、うちのこと助けたんが原因やったて聞きました。神崎はんが斬られたんも。うちなんか助けへんかったら、こないなことならんかったのに……うち、なんてお詫びしたらええか」

「違います、お梅さんのせいじゃありません！」

とっさに梅の腕を摑んで否定する。

「そやけど――」

「佐々木さん、自分は正しいことをしたんだって言ってました。お梅さんのこと助けられてよかった、嬉しいって……」

言いながら、胸が締め付けられるような気持ちになった。

そうだ。佐々木は梅を助けられて、あんなに喜んでいた。佐々木は梅を助けたせいで自分が殺されたからといって、それで『助けなければよかった』なんて言う人ではなかったはずだ。

梅の目から涙がこぼれる。その目をまっすぐに見つめた。

「私もお梅さんのこと助けられてよかった。……お梅さんが自由になって、嬉しい」

佐々木が殺された真相を知ってから、初めて心からそう思えた気がした。いろんなものを失って、傷ついても、それでも梅を助けたことは間違いではなかった。間違いだったかもしれないなんて、もう二度と思わない。

「神崎はん……」

顔を歪《ゆが》めて、梅が泣く。花はそっとその背中を撫でた。

泣き止《や》んだあと、梅は改めて花に何の料理が好きなのか聞いた。花は少しためらって、「……だし巻き卵です」と答える。

父親が失踪してから、人に言ったのは初めてだ。

「だし巻き卵……どすか？」

「はい。だしにこだわりがあって」

自分では作ったことがなかったが、作れるだろうか。

いつか料理長が言っていた、『子どもの頃に食べて育った味は、身体が覚えているものだ』という言葉を思い出す。

「……作ってみようかな」

呟《つぶや》くように言うと、梅は微笑《ほほえ》んで頷いた。

「うちも食べてみたいどす。神崎はんの好きなもんやったら絶対おいしい思うし」

「ありがとうございます。——あ、でも、だし作りに時間がかかるので、また今度でもいいですか？」

「はい。もちろんです」

梅が答えたところで、玄関の方から誰かが帰ってきたような音がした。

「秀二郎さんかな」

何気なく言うと、梅は戸惑い顔でうつむく。その頰は少し赤く見えた。

「何かあったんですか？」

「……いえ、何もないんどす。毎日お茶淹《い》れてくれて、何や困ったことはないか、足りひんもんはないかて心配して聞いてくれはって……そうやって、うちはぎょうさん親切にしてもろうとるのに、秀二郎はん、うちに何も求めてこおへんのどす。うち、男の人にこない優しゅうされたことないさかい、何や胸の辺りがむずむずして……」

梅が胸元をそっと押さえる。それを見て、花は笑顔になった。

「秀二郎さんと仲良くしてるんですね。なんか、私も嬉しいです！」

花の言葉に梅はさらに顔を赤くする。そこへ、近付いてくる足音が聞こえてきた。

「あの、お二人とも、ちょっとお話ええどすか？」

「あ、噂をすれば、秀二郎さん」

「ち、ちょっと神崎はん」

慌てたように梅が花の袖を引く。秀二郎はきょとんとして首を傾げた。

「俺の話してはったんどすか……？」

「い、いいえ、なんでもありまへん。それより話ってなんどすか？」

梅が尋ねると、秀二郎は笑みを浮かべる。

「実は俺、宇治へ行くことなって」

「え……」

梅の目が驚いたように見開かれた。

「前からお茶について学びに行きたい思うとったんどす。そしたら向こうの茶問屋の人、紹介してもらえることなって」

「そ、そうどすか……。宇治にはどれくらいの間いはるんどすか？」

「二、三年はいるつもりどす」

秀二郎が答えると、梅の表情が曇った。

「あ、今後のことやったら大丈夫どす。今、信頼できる人に何店か、お梅はんが働くのによさそうなところ紹介してもらっとって……。そやから今度、一緒に見に行ってみましょう。お梅はんが働きたい思えるところ見つかるまでは、俺もここにおりますさかい、安心してください」

「……分かりました。おおきに、ありがとうございます……」

梅が頭を下げる。しかしその表情は暗いままだった。

「お梅さん、秀二郎さんと離れるの寂しいんじゃないですか？」

秀二郎が去ったあと気になって聞いてみると、梅は困ったように笑った。

「神崎はんて、鈍いんか鋭いんかよう分かりまへんね」

そう言うと、そっと目を伏せる。

「秀二郎はんにはほんまにお世話になってもうて……そやから、これ以上迷惑はかけられまへん」

「迷惑かどうかなんて、聞いてみないと分からないじゃないですか」

「ええんどす。うちみたいな身分のもんに、いつまでも構っとったらあかん思うとったし」

梅が笑ってみせる。

八木家は郷士で、代々苗字帯刀《みょうじたいとう》を許されている、由緒ある家柄だという。対して梅は貧しい農民の家の子で、そのために引け目を感じているようだった。

正直なところ、現代で育った花は身分制度など、その存在自体が間違っていると思っている。生まれた家で人の価値が決まるなど馬鹿げているし、梅がそんなことで自分を卑下《ひげ》するのも嫌だ。

しかしこの時代では身分というものが、それ一つで生き方がある程度決まってしまうほど重要なものなのだと、理解はしている。

「お梅さんが本当にそれでいいなら、いいですけど……」

無責任なことは言えないため、そう言うにとどめておく。梅はうつむいて、何も答えなかった。

▷▷▷▷▷▷▷▷▷▷

文久《ぶんきゅう》三年八月十八日。会津藩公用方《あいづはんこうようかた》野村佐兵衛《のむらさへえ》から壬生浪士へ急達があった。

それは壬生浪士に御所《ごしょ》への出動を求めるものだった。

というのもこの朝、壬生浪士のあずかり知らぬところで、朝令による大和行幸《やまとぎょうこう》の延期、及び三条実美《さんじょうさねとみ》ら尊攘派公卿《くぎょう》の参内《さんだい》禁止が決定されていたのだ。

大和行幸の詔はこの五日前、長州《ちょうしゅう》藩と尊攘派公卿に押し切られるかたちで出されていた。しかしこの裏には、大和行幸ののち京に火を放ち、天皇を擁《よう》して乱を起こそうとする長州らの思惑がある。このことに気づいた伏見宮《ふしみのみや》第四皇子である中《なか》川宮《がわのみや》が、会津と薩摩《さつま》に働きかけて連盟させ、また天皇に長州らの思惑を伝えた。そうして今朝、朝令が施行され、八月十八日の政変が勃発《ぼっぱつ》することとなった。

壬生浪士総勢五十余名。彼らは達しがあってから、ものの半刻ほどで御所に乗り込んだ。

隊列は二列とし、先頭に近藤、中部には芹沢鴨の姿がある。赤地に白く『誠』の文字を染め抜いた、六尺四面の大旗は高く掲げられている。

今回の出動は結成以来、初めての大舞台であり、壬生浪士は今まさに、隊にとっての大きな一歩を踏み出そうとしていた。

時は少し戻り、壬生浪士が壬生村をたつ前。隊士たちが坊城《ぼうじょう》通りに集まり始めた頃、山崎も廊下から庭に下りて屯所《とんしょ》を出ようとしていた。

しかしふと、塀のそばにぽつんと立っている人影を見つけて足を止める。

「神崎……どないしたん？」

声をかけて近づくと、花は視線を上げて山崎を見た。不安そうなその顔を見て、思わず苦笑する。

「そない顔するなて」

「だって山崎さん、ここに帰ってきたのだってほんの三日前なのに……」

花は口をへの字に曲げてうつむいた。安心させてやりたいと思う反面、心配そうにする姿がなんだか可愛く思えて、このままにしておこうかなどと性根《しょうね》の曲がったことを考えてしまう。……いつの間にか、すっかりほだされてもうたな。

「これから、戦《いくさ》になるんですか？　どれくらいで帰ってこられますか……？」

「大丈夫やて。そない心配せんでも、ちゃんと帰ってくるさかい」

結局、安心させるための言葉を口にした。その声は自分でも驚くほどに優しい。

しかし花はそれでもうつむいたままで、山崎は顔を覗《のぞ》き込むように首を傾げた。

「なあ。帰ってきたら、どっか出かけよか」

驚いたように顔を上げて、花が目を瞬《しばたた》く。

「ここで暮らすようになってから、ろくに出かけてへんやろ？　行きたいところあるんやったら連れてったるし」

「はい。……約束ですよ？」

花は目を見開いたまま山崎を見つめて、やがてこくりと頷いた。

花の言葉に小さく笑って、立てた小指を差し出す。

「約束、な」

同じように差し出してきた小指を自分の小指と絡《から》めると、花は応えるように力を込めてきた。

「……ほな、行ってくる」

そう言って、小指を解く。目の前の小さな頭をくしゃりと撫でると、山崎は隊士たちの集まる坊城通りへ向かった。


御所に着いた壬生浪士は、建礼門《けんれいもん》そばの御花畑を固めることとなった。

「まさか自分が天子様をお守りできる日が来るとは、思ってもみなかったぜ」

「ああ。たとえ死んでも後悔はないわ」

御花畑へ向かいながら、隊士たちは高揚《こうよう》を隠せない様子で口々にささやき合う。

それもそのはず、隊士のほとんどは、浪人やその他、武士以下の身分の者だ。本来であれば、禁裏《きんり》に近づくことさえ許されない、そんな彼らが天皇を守る役目に付けることは、奇跡に等しいことであった。

一方そのころ長州藩は堺町御門《さかいまちごもん》の警固を解任され、代わりに警固に当たることとなった薩摩藩と睨み合い、膠着状態《こうちゃくじょうたい》に陥《おちい》っていた。

しかし、後に出た退却を促《うなが》す勅命《ちょくめい》により、長州藩は撤退を余儀《よぎ》なくされる。

長州藩と三条実美ら七人の尊王攘夷派公卿は長州へ落ちて行き、結局武力による衝突のないまま、京から尊皇攘夷派が一掃《いっそう》されるかたちで事態は終結することとなった。

▷▷▷▷▷▷▷▷▷▷

「――ったく、長州の腰抜けどものせいで、結局なんの手柄もたてれずじまいじゃねえか！」

土方が苛立《いらだ》った様子で、乱暴に畳に杯《さかずき》を置く。酒のつまみを持って部屋に入ったところだった花は、障子《しょうじ》を閉めながら横目にその様子を見た。

部屋の中には土方と沖田がいて、珍しく昼間から酒を飲んでいる。

壬生浪士は一刻ほど前に屯所に帰ってきたばかりだ。しかしみな無事な様子で安堵したのも束《つか》の間《ま》、土方は風呂から上がるなり花の部屋の戸を、やくざが借金を取り立てに来たような勢いで叩き、酒とつまみの用意をするよう命じたのだ。

花は八木家へ行こうと支度《したく》をしていたところだったが、土方には逆らえないため渋々命じられるまま酒を用意して、今に至る。

「もう、土方さんったら。見かけによらずお酒弱いんですし、そろそろ飲むのやめときましょうよ」

「うるせえ！　これが飲まずにいられるか」

手酌《てじゃく》しながら沖田に言って、土方は花を見た。

「おい、神崎！　もっと酒持って来い！」

「ええ……」

つまみを出して、さっさと退散しようと思っていたのだが。花は二人の前につまみを置き、徳利《とっくり》を振って中身を確認した。

「持ってこいって、半分も飲みきってないじゃないですか」

「口答えすんじゃねえ！」

土方が赤かった顔をさらに赤くして怒鳴る。花は腰を上げながらため息をついた。

「どうせ飲めないのに、見栄張っちゃって……」

「おい、今何つった」

小声で呟いた花に、土方は耳ざとく反応した。慌てて口を押さえるが、もう遅い。

人でも殺せそうな目で睨まれて、花は視線を泳がせた。

「まあまあ、土方さん。――そうだ、こんなときは句作でもして気持ちを落ち着けたらどうですか？」

「クサク？」

首を傾げると、沖田はこっそりと花に耳打ちする。

「土方さん、実は俳句を詠むのが趣味なんです。そっか、神崎さんは『豊玉発句《ほうぎょくほっく》集《しゅう》』を知らないのかあ」

「ホウギョクホックシュウ……？」

「土方さんの句集ですよ。豊玉は土方さんの雅号《がごう》なんです。……仕方ないですね、ここは私のお気に入りをいくつか詠んで差し上げましょうか」

そう言うなり沖田は、一つ咳払いをし、喉の調子を整えてから真剣な面持《おもも》ちで口を開く。

「梅の花　一輪咲いても　梅はうめ」

「それは……まあ、そうですよね」

当たり前すぎて、なぜ俳句にしたのかよく分からない。花は思わず首を傾げた。

しかし自分は俳句には詳しくないので、もしかすると深い意味の隠された、素晴らしい句なのかもしれない。

「春の草　五色までは　覚えけり」

「……なるほど」

　おそらく春の七草のことを言っているのだろうが、先ほどの句といい、特に深い意味などないような気がしてきた。

「それでは最後に……うぐいすや　はたきの音も　ついやめる」

　うぐいすの鳴く声が聞こえて、つい掃除をしていた手を止めたという句だろう。この句をただ聞いただけでは特に何も思わなかっただろうが、普段鬼のように怖い土方が詠んだのだと思うと、おかしくてつい顔がにやけてしまった。

　花は慌ててうつむいて、誤魔化《ごまか》すように咳をした。

「どうです？　おもし――素晴らしい句でしょう？」

　今、面白いと言いかけた気がする。内心、そう思いながらも花は笑顔で顔を上げた。

「はい、親しみやすくてすごく素敵だと思います。今度から初対面の人にはその句集を贈るようにしたらいいんじゃないですかね？」

　きっと土方の恐ろしさが半減するはずだ。

「あっはっは！　それは名案ですね！」

　沖田は腹を抱えて笑った。

「……おいお前ら、ずいぶん楽しそうだな？」

頬をひきつらせて土方がこちらを向く。そういえば、いつの間にか声のボリュームを落とすのを忘れていた。

「もういい、二人ともさっさと出てけ！」

結局、怒った土方に部屋を追い出されてしまった。


「あーあ、神崎さんのせいで怒られた」

一緒に部屋を出た沖田が肩をすくめる。

「そもそも沖田さんが土方さんの俳句なんて詠むからいけないんですよ」

「でも面白かったでしょう？」

笑顔で言って、沖田が歩き出す。やはり面白いと思っていたのか。

「ところでこれから何か予定ってあります？　私、八木家に遊びに行こうと思ってるんですけど、一緒に行きません？」

「いいですよ。私もちょうど行こうと思ってたので」

今日は以前梅と約束していた、だし巻き卵を作る日だった。

朝作っただしを持っていくため、ひとまず台所へ向かっていると、廊下の向かい側から原田と永倉が現れる。

二人は沖田と花に気づくなり、にやにやと笑いながら近づいてきた。

「二人とも最近仲良いよな。まさか花ちゃん、山崎から乗り換えたのか？」

「総司はずっと女っ気がなかったから、俺は心配してたんだよ。花ちゃんが恋人になったならよかった」

沖田とそんな関係でないのは言わずもがな、そもそも山崎と付き合ったこともないのだが。花は何のことかと眉間《みけん》にしわを寄せた。その横で沖田も「何言ってるんですか？」と迷惑そうにしている。

「――っと、やべ！」

不意に原田と永倉がしまったという顔で花たちのうしろを見た。振り向いた先には山崎が立っている。

屯所へ帰還する途中、近藤に用を言いつけられたらしく、山崎は一刻前に帰還した隊士たちの中にはいなかった。格好から察するに、今帰ってきたところらしい。

「え、えーっと、俺らはそろそろ部屋に戻るから！　じゃあな！」

逃げるように二人がその場を去る。花はうろたえて山崎を見た。

この状況をどう説明したらいいのか。

「あ、あの、山崎さん。これはですね、その……」

しどろもどろになっていると、山崎が首を傾げた。

た。

「へっ！　な、何言ってるんですか⁉」

大きく跳ねた心臓を両手で押さえる。じわじわと頬に熱が上ってくるのを感じ
た。

「……浮気？」

山崎は「冗談やて」と笑って、花の頭に手を置く。

「ほな、俺はすぐ仕事やさかい」

「あ――待ってください！」

歩き出した山崎を、とっさに呼び止める。

「……その、おかえりなさい」

改まって言うことに気恥ずかしさを覚えつつも、軽く頭を下げた。無事だと分か
っていても、やはり顔を見るまでは安心できなかったので、ここで会えてよかっ
た。

「ただいま」

微笑んで言って、山崎は去っていく。そのうしろ姿を見ていると、ふと隣から視
線を感じた。見ると、沖田が顔をしかめて花を見ている。

「なんですか？」

「……なんか、気持ちが悪い」

言いながら、胸の辺りを押さえる。

「飲み過ぎたんじゃないですか？　吐きます？」

「そんな感じじゃないんですよね……。それに私、ほとんど飲んでないですし」

「じゃあ体調崩したんじゃないですか？　戦になるかもしれなくて、ずっと緊張してたでしょうし、疲れてるんですよ。八木家に遊びに行くのはまた今度にしたらどうです？」

「うーん……あ、でも治ってきたかも」

「……本当ですか？　遊びたいからって嘘言ってません？」

疑うように沖田を見る。しかし沖田は本当に回復したらしく、もう大丈夫だと花を宥《なだ》めて歩き出した。


「あっ、沖田はんや！」

八木家に着くと、為三郎と勇之助が沖田を取り囲んだ。

「遊びにきたん？　何する？」

「そうですねえ、かくれんぼはどうですか？」

「……やる」

人見知りな勇之助まで、笑顔になって頷いている。壬生寺《みぶでら》で会ったときにも思ったが、沖田は子どもに好かれやすいタイプのようだ。

「あ、沖田はん、神崎はん……こんにちは」

今日は外出していなかったのか、秀二郎が現れた。なんだか浮かない顔をしている。

「何かあったんですか？」

さっそくかくれんぼを始めた沖田を尻目に、秀二郎に尋ねてみた。

「……実は宇治行きを話してから、お梅はんに避けられとる気がして」

「ああ。お梅さん、秀二郎さんと別れるの寂しそうにしてましたもんね」

言ってから、ふとこれは本人に伝えていいものだったのだろうかと首を傾げる。

梅本人の言葉ではなく、自分の感じたことだから大丈夫だろうか。

「まさか……俺みたいな男、お梅はんが気にしはるわけあらへん」

秀二郎は苦笑いして首を横に振った。

「どうしてそんな風に思うんですか？」

「俺は壬生浪士の人らみたいに強うないし、気も小さいし……。お梅はんが菱屋におったときも、自分一人やとなんもできひんで、結局神崎はんと佐々木はんが助けてくれはって。……自分でも、情けないて思います」

「でも秀二郎さんは秀二郎さんなりのやり方で、お梅さんのこと助けてるじゃないですか。お梅さんが働けそうなお店を探したり、毎日お茶を淹《い》れて気遣ってあげたり……。そういうことって派手さはないですけど、本人にとってはすごく嬉しくて安心することだと思います」

梅の気持ちを誤解してほしくなくて、花は必死で話した。

「自信持ってください。それで、お別れする前にちゃんとお梅さんと話をしてください」

そう言って、固くこぶしを握る。秀二郎はためらいがちに頷いた。

台所へ行くとすでに梅がいたため、さっそくだし巻き卵を作ることにした。

「これが時間かかる言うてはっただしどすか？」

花の持って来ただしをまじまじと見つめて、梅が聞く。

「はいそうです。火にかける温度とかも、いつもよりすごく気をつけて作って」

できれば温度計を使いたかったが、この時代にはまだ普及していないようで町でも売っていなかったため、ほぼ付きっきりで泡の出方を見て細かく調節した。

「ちなみに何が入ってると思います？」

「……しいたけどすか？」

だしの匂いを嗅いで、梅が答える。

「正解です。あと、鰹《かつお》だしも混ぜてあります」

「そうどすか。ええ香りどすな」

褒められて笑顔になりつつ、花はだしに薄口醤油、みりんを混ぜて、その中にといた卵を入れた。それから鍋に油を敷いて熱し、混ぜた材料を流し入れる。

「綺麗どすな……」

くるくると巻かれていく卵を見て、梅はため息をもらした。

「焼き過ぎると卵が固くなっちゃうので、半熟の状態で巻くといいんですよ」

黄金色に焼き終えると、まきすに包んで形を整えてから皿にのせる。そこへ梅に作ってもらった大根おろしを添えて、完成だ。


おやつ代わりにだし巻き卵を出そうと部屋へ戻ると、沖田と一緒になって為三郎と勇之助の相手をしている芹沢の姿があった。

「芹沢さん……こんにちは」

大和屋の一件以来、まともに顔を合わせていなかったため、少しためらいながら頭を下げる。

芹沢は「ああ」と答えて、花の手にあるお盆へ目を向けた。

「あ、これ、だし巻き卵なんですけど、よかったら一緒にどうですか？」

「……いただこう」

「はーい、私も食べたいです」

頷いた芹沢の隣で、沖田が手を挙げる。為三郎と勇之助も食べると言うので、雅たちの分を残しつつ、切り分けて渡した。

「卵料理と言ったら今まで卵ふわふわだったんですけど、これはおいしいですね」

「卵ふわふわ？」

「知らないんですか？　こう、薄黄色でふわふわしてて」

身振り手振りを加えて沖田が説明するが、さっぱり分からない。

「卵ふわふわの作り方やったら、こないだ読んだ料理本に書いてありました。お醤油とお酒とお塩、お砂糖をだしに入れて煮立たせて、卵を泡が出るくらい混ぜたら、だしの中に流し入れて蓋《ふた》してちょっと待ったら完成どす」

「へえ、知らない料理だ……」

現代では江戸時代と料理名が変わっているという可能性も考えたが、作り方も知らないものだった。

ただ、梅の説明でどんな料理なのかはおおよそ想像がついた。

「お梅さん、すごく勉強してるんですね。私もこのじだ――じゃなくて、この辺りの有名な料理とか、勉強してみます」

ここ最近は悩むことばかりで、こんな気持ちは忘れてしまっていたが、料理について学ぶのはやはり楽しい。

「芹沢はん、どないしたん?」

ふと為三郎の声がして顔を向けると、芹沢が口を押さえてうつむいていた。

「――この味……」

「お口に合いませんでしたか?」

うろたえつつ、芹沢の顔を覗き込む。芹沢はしばらくの沈黙ののち、ゆっくり顔を上げた。

「花、なのか……?」

「え……?」

目を見開いた花の顔を、芹沢は呆然としたように見つめる。

「思い出した。――俺の名は、神崎智弘だ」

ひとまず二人で話をするため、花は芹沢と離れへ移動した。

「何から話せばいいか……」

まだ混乱している様子で、額《ひたい》を押さえて芹沢が言う。花はその姿を見つめておそるおそる口を開いた。

「本当に、お父さんなの……？」

「ああ。……忘れていて、すまなかった。これまで一人で大変だっただろう」

花は首を横に振った。突然のことで、まだ信じられない気持ちが大きい。夢でも見ているのではないかという気がしてくる。

「今まで何があったのか、聞いてもいい？」

尋ねると、芹沢――父親は頷いて話し始めた。

「お前の十歳の誕生日の夜、車に轢《ひ》かれそうになって――その直後のことは思い出せないが、目が覚めると記憶をなくしてこの時代にタイムスリップしていた」

やはり母親の言葉は本当で、あのときに父親もタイムスリップしていたのか。

花は両手を膝の上で握った。

「そのあとは山中をあてもなくさまよい、日が暮れ始めた頃になってようやく人を見つけた。お前も知っているだろう――壬生浪士で勘定方をしている、平間重助だ。平間はそのとき下村継次《しもむらつぐじ》という男を殺したところだった。理由はささいなことで、かっとなってつい斬ってしまったらしい。下村は平間の主《あるじ》だったが、この時代では主殺《しゅうごろ》しは最も重い罪とされ、鋸《のこぎり》引《び》きの上、磔《はりつけ》にされて殺される。罪が露見《ろけん》することを恐れた平間は、俺に下村と成り代わることを提案した。平間は下村に付き添い、全国の道場を回っていたところらしく、行くあてのなかった俺はその提案を受け入れることにした。……学生時代に剣道をしていたことは、不幸中の幸いといえるのかもしれない。それから数年は、ただこの時代のことを学び、剣の腕を磨く日々だった」

話しながら、父親が視線を落とす。

「その間、俺はずっと抜《ぬ》け殻《がら》のようだった。夢も希望もなく、ただ死にたくないという気持ちだけで生きていて――玉造組《たまつくりぐみ》に入ったのは、そんなときだった」

「玉造組……？」

「今で言う天狗党《てんぐとう》の前身で、尊王攘夷思想の強い集団だ。水戸藩《みとはん》は天保学《てんぽうがく》により尊王攘夷の思想を持つ者が多かったため、安政《あんせい》の大獄《たいごく》の直後、朝廷から対策を講じるよう勅書《ちょくしょ》を賜《たまわ》った。だがそれを知った幕府はその勅書を返還するよう水戸藩に命じたんだ。藩の上層部はみな、幕府に睨まれることを恐れ、勅書の返還に応じようとした。しかし、朝廷を軽《かろ》んじるような幕府の行為を承服することは到底《とうてい》できない――そう考えて勅書返還を阻止するため立ち上がったのが玉造組だ」

当時を思い出すように、父親は目を細めた。

「俺は根無し草のように生きるのが辛くなり、組入りしただけだったが、気づけば組内で幹部の一人となっていた。今思えば、記憶をなくしても身体に染み付いていた、現代の知識や考え方が役立っていたのだろう。人から頼られ、それに応えられることは嬉しく、特に幹部の大津彦五郎《おおつひこごろう》という男と親しくなってからは、この時代にきて初めて、生きるのが楽しいと思えるようになっていた。――結局それも長くは続かなかったが」

「……何があったの？」

「前藩主の徳川斉昭《とくがわなりあき》が急逝し、藩内の攘夷派が力を失い始めていた頃、俺は横浜での攘夷決行を目指し挙兵資金の調達に奔走《ほんそう》していた。しかし、その頃より仲間内から暴挙を働く者が出始め、また玉造組と偽《いつわ》る者による金策も横行《おうこう》しだした。それらの評判が耳に入り、幕府は水戸藩に対し攘夷派の解散を求めたんだ」

「それで玉造組は解散に……？」

花が尋ねると、父親は苦々しい笑みを浮かべた。

「解散というより、弾圧といった方が正しいだろうな。俺は捕縛《ほばく》され、部下の助命嘆願《たんがん》のため自首した大津とともに、水戸の細谷獄《ほそやごく》へ入れられた」

「え……」

「大津や俺のような幹部以外の組員の牢獄での扱いは酷《ひど》いもので、多くの仲間がそこで命を落とした。大津はそれを憂《うれ》い食を断《た》って訴えたが、とうとう聞き入れられることなく飢え死にしてしまった」

父親の顔が無念さをこらえるように、僅《わず》かに歪《ゆが》んだ。

「……それから時勢が急変し、俺は斬首刑《ざんしゅけい》を間近に釈放《しゃくほう》された。その三月後に江戸で将軍警護のために募集されたこの組に参加して、京に来て——今に至る」

話し終えた父親の顔を花は何も言わず見つめた。父親の過ごしてきた日々はあまりに壮絶で、言葉が出なかった。

「……お前がそんな顔をしなくていい」

花の顔を見て、父親が少し困ったように微笑む。花は頷いて、小さく息を吸った。

「でも——どうして、十年前に何をしていたのか教えてくれなかったの?」

以前聞いたとき、十年前に記憶をなくしたと教えてくれていれば、父親かもしれないと分かっただろうに。

「俺の記憶があるのは、七年前からだったからだ」

「七年……?」

「おそらくタイムスリップ時に飛ぶ時間は、秩序的でない。お前は俺がここで七年過ごした時代にたまたま落ちてきただけなのではないか」

そういえば、タイムスリップした場所も同じ京都とはいえずれがあったし、父親の意見は一理あるように思えた。

つまりはこの時代でひと月過ごしたからといって、現代に戻ったとき同じようにひと月たっているとは限らないということか。

花は考えて――うつむいた。

「私、ずっとお父さんに捨てられたんだと思ってたの。お母さんはお父さんが突然消えたんだって言ってたけど、そんなことあり得ないって信じてあげられなかった。私はお母さんの子どもなのに……」

自分はなんて酷い人間なのだろう。娘にも信じてもらえず、母親がこれまでどんな想いで生きてきたか、考えると胸が痛くなった。

「自分の目で見たのでなければ、信じられなくとも仕方がないだろう。母さんもきっとお前を恨んだりはしていない」

「……うん」

「それにしても、お前はどうやってこの時代にタイムスリップしたんだ?」

尋ねられ、花はこれまでの経緯を簡単に話して聞かせた。

「これがそのストラップなんだけど……」

最後にそう言って、袴《はかま》の紐《ひも》に括《くく》り付けていたストラップを差し出す。父親はストラップを受け取って、次の瞬間、頭を押さえて蹲《うずくま》った。

「う……ぐっ」

「お父さん!?」

慌てて背中に手を当てて、顔を覗き込む。

「大丈夫？　どうしたの？」

尋ねるが、父親は答える余裕もない様子だ。汗を掻《か》いていて、酷く苦しそうにしている。

誰か呼んできた方がいいだろうかと、花は立ち上がった。部屋を出ようと背を向けた、その背後でどさりと倒れる音がする。

振り返ると、父親が畳に倒れ込んでいた。

「お父さん！　お父さん！」

身体を揺さぶって何度も呼びかけるが、答えない。息はしているので、おそらく気を失っているのだろう。

花は急いで沖田たちのいる母屋《おもや》へ戻った。

その後医者を呼んで看てもらったが、気を失っているだけで特に悪いところはないと言われた。花は安堵しつつ、その日は夕食を作りに一度前川家に戻った以外は、ずっと父親の看病をしていた。

しかし結局目が覚めないまま夜が更《ふ》けてしまい、とりあえず帰ることになった。

自室に戻った花は布団に横になろうとして、ふとリュックからスマートフォンを取り出した。

花は少したためらってから、メールフォルダには未読のメールが一件ある。母親からのメールだ。メールを開いた。

『花へ。二十歳の誕生日おめでとう。花もとうとう大人の仲間入りだね。ついこの間まで小さな子どもだった気がするのに、時間の流れは早いものだなとしみじみ思います。

仕事の方はどう？　夢だった料理人になって、もうすぐ一年がたつよね。

花は料理に熱中すると無理をしがちだから、体を壊したりしていないか心配です。何かあったらいつでも頼っていいからね。

寒い日が続いてるけど、風邪とかひかないように。忙しいだろうから、返信は返せるときに返してね。

それじゃあ、いい誕生日を。お母さんより』

メールを読み終えた花は、スマートフォンを胸に抱きしめた。

「お母さん……」

会いたい。会って、顔を見て謝りたい。

自分は母親の話を信じてあげることさえできなかったのに、それでも大切に想ってくれていたのだ。

目の奥が熱くなって、涙がこぼれる。しばらく涙は止まらなかった。

▷

翌日、花は朝食の片づけを終えると、また八木家に向かった。聞くと父親は今朝意識を取り戻したとのことで、すぐに離れの父親の部屋を訪ねた。

「昨日は心配をかけて悪かった」

「身体はもう大丈夫なの……？」

布団から上体を起こした父親を、うかがうように見る。

「それよりも、タイムスリップしたときのことを思い出したんだ」

「本当に？」

目を丸くする花に頷くと、ゆっくりと話し始める。

「事故にあって強く頭を打ったとき目に見える景色が、何と言うか——三次元以上の何かと言うのが一番近いか、ともかく今までと全く違って見えた。周りの音が遠くなって、俺は何かに縋《すが》ろうとしてお前に貰ったそのストラップを握り締めた。その瞬間、電流のようなものが身の内を走って……そのあとは、記憶をなくしたこと以外はお前と同じだ」

「それじゃあ、このストラップが普通じゃなくなったのは、お父さんが何かしたからなの……？」

「もう一度やれと言われてもできる気はしないが……おそらくそうなのだろう」

話しながら、父親の目は花が袴につけている石へと向けられる。

「お前は俺の娘で、タイムスリップしたときの状況も似ている。その石は俺がタイムスリップしたときと同じ状況だと認識して、花をこの時代に飛ばしたのではないだろうか」

花は袴の紐からストラップを外して、手のひらの上に置いた。相変わらず、静電気のようなものを感じる以外はごくごく普通の石だ。

父親の話は現代にいた頃なら、きっとあり得ないと信じなかっただろう。しかし自分たちは実際にタイムスリップしていて、そのときの状況を鑑《かんが》みると、父親の仮説は成り立つような気もする。

「……花、そのストラップをしばらく貸してくれるか？　すぐには無理だが、この石を使えば現代へ帰ることも可能かもしれない」

「本当に……!?」

驚いて、弾《はじ》かれたように顔を上げる。

「ああ。だが昨日、石に触れてみて、力がかなり弱まっているように感じた」

「あ……そういえばこの石、現代で見たときより色が薄くなってたの」

花は父親にストラップを渡した。父親は石をそっと握り締める。

また昨日のように倒れたりしないか心配だったが、特に何かが起きることもなく、しばらくすると手を開いた。

「この力では、おそらくあと一人しかタイムスリップできない」

「え……」

花は思わず目を見張った。あと一人――二人一緒には現代に帰れない？

言葉を失っていると、父親はまっすぐに花を見つめた。

「花。お前が現代に帰れ」

「そんな、お父さんを置いて帰れないよ！」

反射的に首を横に振る。父親はほんの少し、笑みを浮かべた。

「いいんだ。俺はこの時代で暮らし始めてからもうずいぶんたつし、慣れている。それにこれから先、人生が長いのは花の方だ。お前にここで苦労をさせたくない」

「でも……やっと会えたのに」

花は父親の腕を摑み、うつむいた。

「私、もうお父さんと離れたくない。一緒に帰れないなら、私もここに残る」

「……花。母さんに謝りたいんだろう？」

優しい声で、父親が聞く。花は唇を噛んだ。

「花が帰らなければ、母さんは一人になる。帰って、安心させてやってくれ」

そう言うと、花の頭に手を乗せてそっと撫でた。

でも――だけど、自分が母親を選べば、父親はずっとここで一人で生きていくことになる。父親か母親か、どちらかなんて選べない。――選びたくない。

目の前が滲《にじ》んで、涙が溢《あふ》れないよう必死でこらえる。

「花……頼む」

花は唇を噛み、こぶしを強く握り締めた。

やがて小さく頷くと、父親はほっとしたように息を吐いた。

「長い間、寂しい想いをさせてすまなかった。……だがここで、こうしてお前に会えてよかった」

どこかすっきりしたような顔で微笑む。

そのあと少し話をすると、父親はまだ体調が優《すぐ》れないそうで、今日は一日寝ているので、花は前川家へ帰るよう言われた。

「あの、神崎はん。ちょっとええですか？」

母屋へ戻ると、秀二郎が声をかけてきた。そのうしろには梅の姿もある。

「実は神崎はんに報告があって……」

「何ですか？」

どこか恥ずかしそうな二人の様子に首を傾げる。梅は少しためらってから、思い切ったように秀二郎の隣に並んだ。

「うちも秀二郎はんと宇治へ行くことになりました」

「――え、えええええ⁉」

驚いて、つい声を上げる。

「二人で行くってことですか？　それって、その、もしかして二人は……」

梅と秀二郎が同時に小さく頷く。花は思わず笑顔になった。

「そうですか！　二人がいなくなるのは寂しいですけど……でも嬉しいです！」

そう言って、自分もこれからいなくなるのだったと思い出した。

「正月とか盆にはこっち戻ってきますさかい、また絶対お会いしまひょ」

「次会《お》うたときに神崎はんびっくりさせられるよう、お料理の練習頑張りますね」

笑顔で話す二人に、花は頷いて微笑んだ。

「……はい。楽しみにしてます」


前川家に戻り、庭を歩いていると、廊下に山崎の姿を見つけた。声をかけようとして――ふと止《や》める。

現代に帰ったら、山崎にももう会えないのだ。一緒に出かけようと指切りしたあの約束も守れない。

涼しくなった秋の風が、庭を吹き抜ける。花はうつむいてそっと胸を押さえた。

現代へ帰りたい。その想いは、この時代に来てからずっと変わらない。……それなのに、ようやく願いが叶《かな》うのに、どうしてこんなに胸が苦しいのだろう。

結局、花は山崎に声をかけることなく、自室へ向かった。

▷▷▷▷▷▷▷▷▷▷

長月《ながつき》に入って数日がたったある日、八月十八日の政変での働きを評価され、壬生浪士は武家伝奏《てんそう》より『新選組《しんせんぐみ》』の名を賜った。

「武家伝奏」とは朝廷の役職の一つであり、朝廷と幕府の取次ぎが仕事である。代々公卿が務めてきた、朝廷においても重要な役職で、武家伝奏より名を賜ることは大変名誉なことであった。

「新選組……。やはりよい名だな、歳、総司」

近藤が笑って振り返る。その隣――八木家の右門柱には、真新しい『松平肥後守御預新選組宿』という表札がある。

「そうですね」

沖田は笑顔で答えた。沖田自身は武家伝奏にも新しい名前にも、さほど興味はなかったが、近藤が喜んでいるのを見られるのが嬉しかったのだ。

しかし表札を眺めていた近藤の顔がふと曇る。

「……近藤先生、どうかしましたか?」

「ああ、いや。何でもない」

誤魔化すように近藤が微笑む。すると横で黙り込んでいた土方が、沖田に向き直った。

「――総司。芹沢のことで話がある」

「歳」

咎《とが》めるように近藤が名前を呼ぶ。しかし土方は引き下がらなかった。

「こいつはもう子どもじゃねえんだ。――それに今回の計画には総司の力が必要だ」

「だが……」

近藤がためらう様子を見せる。

「大丈夫ですよ、近藤さん。私は近藤さんの役に立てるなら、何だってしますから」

それは心からの言葉だった。

だがどうしてか、近藤はますます複雑そうな顔をするだけだった。


それから、ほどなくして土方の部屋へ移動した。

近藤と土方が並んで座り、沖田はその正面に腰を下ろす。

「数日前、会津候より芹沢派を極秘裏に粛清《しゅくせい》するよう命《めい》が下った」

声をひそめて土方が言った。なんとなく予想していたことだったため、驚くことはなかった。

「大和屋の件が原因ですか？」

尋ねると、土方が頷く。

「それだけってわけじゃないだろうがな。とどめだったのは間違いねえ」

「……手筈《てはず》は？」

「後日酒宴を開き、酒に酔わせた上で奇襲する。今のところ、俺と山南さんと原田がやることになっている」

「そうですか……」

沖田は小さく息を吐いて、目を閉じた。

「……分かりました。私も加わります」

「だが、お前は芹沢さんと親しくしていただろう」

「それで心配してくれてたんですか？　やっぱり近藤先生は優しいなあ」

「総司。俺は真剣に話しているんだ」

近藤は沖田に向かって身を乗り出した。

「無理をする必要はない。本当に嫌なときは嫌だと言っていいんだ」

諭《さと》すように近藤が言う。沖田は微笑んだ。

「私は自分がそうしたくてするんです。無理なんて少しもしていないですよ」

そう言うと、隣の土方へ顔を向ける。

「土方さんも私が加わった方がいいと思いますよね？」

「……ああ」

「ほら、二対一ですよ。諦めてください、近藤先生」

近藤はうつむいて、膝の上に置いていた手を握り締めた。

「……すまない」


土方の部屋を出て廊下を歩いていると、向かいから角を曲がって花が現れた。

「あ、沖田さん」

「これから八木家ですか？」

花は梅が来てからよく八木家に行っているようだった。特に最近は、用のないときはほとんど八木家にいるほど入り浸っている。

「はい。あ、沖田さんも行きます？」

何気なく花が尋ねる。その言葉に、以前花と八木家に行ったことを思い出した。あのとき芹沢は思い出したと――自分の名は神崎智弘だと言っていた。その後芹沢は倒れ、それどころではなくなり聞けなかったが、あれは結局どういう意味だったのだろう。

考えかけて、途中でやめた。芹沢が花にとって何だったとしても関係ない。どうせこれから斬って殺してしまうのだから。

「……いえ。今日はこれから用があるので、遠慮しておきます」

「そうですか。それじゃあまた」

去っていく小さな背中をぼんやりと見つめる。芹沢を殺したと知れば、今度こそ花は自分を拒絶するかもしれない。――だが、それでいい。

初めて人を斬った日の夜、沖田は大切な人を守るために人を斬ることを躊躇《ちゅうちょ》しないと心に決めた。もしも芹沢を斬ることを拒否して、土方や山南、原田が怪我をしたり殺されたりすれば、絶対に後悔することになる。

だからこの選択は間違いではないはずだ。

廊下を歩きながら、沖田は何度も自分にそう言い聞かせた。

▷▷▷▷▷▷▷▷▷▷

文久三年九月十六日。この日は朝から雨で、少し肌寒い日だった。

「山崎はーん、飲んではりますかあ？」

広間の隅の方で酔い潰れない程度に飲んでいた山崎は、千鳥足《ちどりあし》で近づいてきた青年を呆《あき》れ顔で見上げた。

「尾関……お前飲みすぎ。それやと屯所まで帰れへんで」

「だーいじょうぶですってぇ」

にこにこと笑いながら、尾関が隣に座り込む。

今夜新選組は、島原《しまばら》の角屋《すみや》で会合を開いていた。そのあとはそのまま宴会となり、隊士たちは酒を飲んだり芸妓《げいこ》と戯《たわむ》れたり思い思いに過ごしている。

尾関雅次郎は山崎の少しあとに監察方に加わった隊士だ。歳は二十で人懐《ひとなつ》こく善良な男だが、やや抜けている。

「それにしても、怪我はもう大丈夫なんですか？　ほんまに心配したんですよぉ」

「はいはい、おおきに。俺は大丈夫やから、お前はそろそろ水挟んどき」

尾関が持っていた杯を取り上げて、代わりに水を渡す。すると尾関はなぜか悔しそうにこぶしを握った。

「はあーっ、こういうとこか！　女はこういうとこに惚れるんか！」

「……何言うてんの？」

「山崎はんてどこでも女にもてて、ずるいやないですかぁ！　気づいてます？　さっきちょっと話しとった妓《こ》も、さっきからちらちら山崎はんのこと見てはるんですよ！」

「気のせいやろ」

面倒なので適当に流そうとするが、尾関はますます悔しそうに畳を叩く。

「くそぉ、俺かてもてたいのに！　特に神崎はん！」

「――神崎？」

酒をもう一口飲もうとして、思わず手を止めた。

「はい、俺の心の癒しなんです！　ちょっと変わってはりますけど、可愛いやないですか。やっぱし女は顔がええのが一番です」

「ふうん……よう話すん？」

「いや、ほとんど話したことないですけど——って、あれ？　山崎はん気になるんですか？　もしかして山崎はんも、神崎はんのこと気になってはるんです？」

好奇心丸出しで、尾関が聞いてくる。

「沖田さん、尾関が明日の稽古《けいこ》で手合わせしてほしいて——」

「わあああ！　すんまへん、嘘です！」

尾関が顔を青くして、大慌てで逃げ出す。沖田たちはかなり離れた場所にいるため聞こえるはずがないのだが、酔いが回っているせいで気づかなかったようだ。

山崎はため息をつくと、沖田のいる方へ目を向けた。

沖田は近藤と芹沢と三人で酒を飲んでいる。近藤は言わずもがな、沖田は芹沢とも一緒に八木家の子どもたちと遊んでやったりと、何かと親しくしているため、どちらといるのも違和感はない。

しかし近藤と芹沢がこうした席で一緒にいるのは珍しい気がした。二人は別段仲が悪いというわけではないが、大抵の場合、近藤は土方と、芹沢は平山や平間といるからだ。

——そういえば、土方はどこにいるのだろう。

ふと思って広間の中を見回すが、姿が見つからない。山崎は腰を上げると、静かに外へ出た。

「――ん？　山崎じゃねえか」

庭に面した廊下を歩いていると、広間から少し離れた場所で、土方が一人で酒を飲んでいた。

「何してんだ、こんなところで」

「ちょっと飲み過ぎたんで、身体冷やしに。土方副長はどないしたんですか？」

尋ねると、土方は黙って庭の方へ目を向ける。山崎も同じように庭を見た。

朝は小雨程度だった雨が、今や土砂降りになっている。

「考えてもしょうがねえことを、とりとめなく……な」

ぽつりと呟くように土方が言った。

「……本当は総司が人斬りなんてしたくねえのは分かってるんだ。あいつは身を立てることにも、国の為に尽くすことにも興味はねえ。ただ近藤さんの傍にいて、役に立ちたいだけなんだ。――いや、もしかするといまだに心のどこかで、役に立たなければ捨てられると思ってるのかもしれねえ」

そう話すと、手の中の杯に視線を落とす。

「あいつにとってはきっと、江戸の試衛館《しえいかん》での生活が一番幸せだった。俺はそれを分かっていて、その上で気づかないふりをして、利用している。あいつは腕が立つし、絶対に近藤さんを裏切らないと分かっているからだ」

激しい雨音に掻き消されそうな声を、山崎は黙ったままじっと聞く。

「全て、承知のうえでやっていることだ。――だがときどき、そんな自分にぞっとする」

杯を強く握り締める土方の姿が、ふと目の前に広がる闇に溶けてしまいそうに見えた。

隊士たちからは冷酷な鬼だと恐れられているが、この男はただ自分がそうあろうとしているだけの、人間なのだ。

「土方副長……」

「――つまんねえこと話したな。もう行っていいぞ」

軽く首を横に振って、山崎を見上げる。その顔はいつもの表情に戻っていた。

「……失礼します」

軽く頭を下げて、歩き出す。しかし山崎の胸には、土方の言葉がしこりのように消えずに残っていた。

▷▷▷▷▷▷▷▷▷▷

同日、深夜。花は眠れなくなり、部屋の外へ出た。

今日はみな宴会で出払っているため、屋敷の中は不気味なほど静かだ。雨音だけが、やたらと響いて聞こえる。

花は縁側に立つと、暗闇の中降りしきる雨を見つめた。

父親と話した結果、花は明日の夕方に現代へ帰ることになっていた。ここで過ごす夜は、今夜が最後だ。

父親はそろそろ八木家に帰っただろうか。

今夜は泊まらず帰ってくると言っていたので、少しだけ顔を見に行こうと花は歩き出した。

相田たちの裏切りが発覚して以来、多少は疑いが晴れたのか、壬生村にいる限りは外出するのに許可を得なくてもいいことになっていた。

花は傘を取ってくると、庭に下りて西側の小門から前川家を出た。この小門の道を一つ挟んだ向かい側に八木家がある。

「――どこいった！」

玄関前まできたところで、誰かの怒鳴る声が聞こえてきた。見ると、抜身《ぬきみ》の刀を持った平間が式台《しきだい》の上に立っていた。

殺気だったその様子に声をかけられず、立ち尽くしていると、こちらに気づいたように花の方を向く。

「お前が殺したのか……！」

そう叫ぶなり刀を振り上げて襲いかかってくる。花は混乱しながらも、とっさに傘を捨てて逃げようと踵《きびす》を返した。

その瞬間、背後でどさりと人の倒れる音がする。おそるおそる振り返ると、そこには黒い装束《しょうぞく》に身を包んだ沖田の姿があった。その手には刀が握られている。

「お、きたさん……？」

花は沖田の顔を呆然《ぼうぜん》と見て、それから足下に転がる平間を見た。――沖田が斬ったのだ。

「な、何も斬らなくても……！」

動揺しながらも、花は平間の前に膝をついた。

「とにかく、早く止血してお医者さんを呼ばないと――」

「無駄です」

沖田の手が、平間に触れようとしていた花の腕を強く掴む。

「――もう死んでいます」

「……え？」

顔を上げたところで、屋敷の奥の方から走って近づいてくる足音が聞こえてきた。

「隠れて」

沖田が言って、花を玄関の隅に押しやる。ほとんど間《ま》を置かず、土方が現れた。

「総司、引くぞ」

「先に行っていてください。私は最後に、確かに死んだか確認してから行きます」

「……分かった。あんまり時間はねえから、さっさと戻ってこいよ」

土方が言って、去っていく。

「……もういいですよ」

しばらくして沖田が言う。しかし花はその言葉に答えられなかった。

何が起こっているのか、理解が追いつかない。死んだか確認するとは、一体誰のことだろう。平間のことか、それとも――。

「おとう――芹沢さんは？」

ゆっくりと顔を上げて沖田を見る。沖田は黙って、玄関の先にある部屋を見た。

反射的に立ち上がって、走り出す。

飛び込んだ部屋で花が目にしたのは、血だまりの中に倒れた父親の姿だった。

部屋の中は、噎《む》せ返るような血の臭いが充満している。

「どうして、こんな……」

動かない父親の身体の前に、力なく座り込む。

「新選組は京の治安維持を任されています。そんな組織の頭《かしら》が、店に火をつけ、罪のない人を斬ったと認めるわけにはいかない。ですから会津侯は、大和屋の一件を犯人不明として処理されました。……ですがそれでも、責任は取らなければなりません」

「でも庄兵衛さんは、佐々木さんたちを殺させて――」

「証拠はあるんですか」

尋ねられて、花は強く唇を噛んだ。

「沖田さんは、芹沢さんが庄兵衛さんを斬ったことは間違いだって思うんですか？」

「……思いませんよ」

「なら、どうして！」

「間違っていないからといって、それで責任がなくなるわけではありません。人を斬るということは、それだけ重いことなんです」

沖田は淡々と答える。花は固くこぶしを握ってうつむいた。

そのとき、父親の瞼《まぶた》がぴくりと動き、小さなうめき声が聞こえた。

「――花、か……？」

「お父さん……！」

花は慌てて父親の身体に触れた。手のひらに生温かい血の感触がする。よく見ると肩に深い傷があり、花はすぐさま懐にあった手拭いを押し当てた。けれど血が止まる様子はない。

「待ってて、すぐに人を呼んで——」

立ち上がろうとして、着物の袖に何かが引っかかったような感覚がした。目を向けると、父親が花の着物を摑んでいる。

「お父さん、血がたくさん出てるから止めないと。すぐに戻ってくるから、お願いだから待ってて」

父親の前に座り直して言うと、手を離させようとする。

しかし父親は目を閉じて緩く首を横に振った。

「もう……いいんだ」

「何言ってるの！　そんな——もういいなんて、そんなわけないじゃない！」

思わず叫ぶと、父親は困ったような笑みを浮かべる。

「花……俺はこれまで、この時代で、たくさん人を斬ってきた。……これは、その報《むく》いなんだ」

その言葉にはっと息をのむ。

「庄兵衛だけではない。他にも何人も、斬ってきた」

「そんなの……」

――そんなのどうでもいい。そう、叫びそうになった。

人を斬っていても、自分にとってはたった一人の大切な父親だ。世の中が許さないと言ったとしても、それでも、どうしても生きていてほしい。

「お父さん……」

瞳から涙がこぼれ落ちた。今にも張り裂けてしまいそうなほど胸が痛い。

「……花。もう少し、近くに来てくれるか」

父親の言葉に、傍へ寄る。父親は花の袴に手を伸ばし、紐に括り付けていたストラップを外した。

「帰れ、花。……現代へ、帰るんだ」

そう言って、花の手にストラップを握らせる。石から発せられる電気が強くなり、手のひらが痺《しび》れた。目の前がだんだんと暗くなり、父親の姿が闇に消されていく。

「――何を」

花はとっさにストラップを離して父親に握らせた。

父親は目を見開いて、ストラップを離そうとする。花は父親の手を両手で包み込むように握って、ストラップを離させないようにした。

この時代では助からない怪我かもしれない。だが現代に帰れば——あるいは。

「お父さん、生きて。それで、私の代わりにお母さんにごめんなさいって伝えて」

目の前の父親の姿が薄くなっていく。何か言っているようだが、その声はもう聞こえない。

「お父さんに会えてよかった。……大好きだよ」

聞こえているか分からなかったが、伝わるように思いを込めて抱きしめる。ほんの数日の間だったが、記憶の戻った父親と過ごせた時間はかけがえのない宝物だ。

身体の感触は少しずつなくなり、やがて初めから何もなかったように掻き消えた。

あとには色のなくなった石のついたストラップだけが残されている。

「芹沢さんは、どこに……」

振り返ると、沖田が目を見開いてこちらを見ていた。花はストラップを拾って立ち上がる。

「私はここで何も見ませんでした。——だから沖田さんも、何も見なかったことにしてください」

沖田は黙ったまま花を見つめて、背を向けた。そのまま去るのかと思ったが、平間の身体を引きずるようにして戻ってくる。

さっきまで父親の身体があった場所に寝かせると、着物を脱がせ始めた。

「何をしてるんですか……？」

「平間さんの死体を芹沢先生の死体に偽装します。背格好は一緒なので、顔が分からなくなれば気づかれないでしょう」

その言葉に、以前自分もうしろ姿を芹沢と見間違えたことを思い出した。

「行きなさい」

沖田が言って、腰の刀を抜く。花は頷くと、その場を立ち去った。

沖田がどこかへやったのか、玄関先に落とした傘はなくなっていた。捜す気になれなかったため、花は濡れながら前川家へ戻った。

「神崎？」

血を落とそうと井戸の前に立ったところで、声をかけられた。顔を上げた先には傘を差した山崎の姿がある。山崎は花の顔を見るなり、駆け寄ってきた。

「お前そん血——どっか怪我したんか」

傘を差しかけながら山崎が聞く。花は首を横に振った。

「大変や！　芹沢局長と平山さんが殺されとる！」

八木家の方から誰かの叫ぶ声が聞こえてきた。

「……居合わせてもうたんか」

何か察した様子で、山崎が言った。

「辛かったな」

うつむくと、頭の上に手が乗せられる。目の前があっという間に滲んで、雨粒ではないものが頬を濡らした。

思わずしがみつくように山崎の着物を掴むと、花は声を上げて泣いた。

——もう帰れない。もう二度と、現代に帰ることはできないのだ。

父親の無事も確かめられず、母親に謝ることもできない。友だちにも桔梗《ききょう》の先輩たちにも、もう決して会うことはできない。父親が記憶を取り戻す前でさえ、いつかは帰れるかもしれないという希望を持っていたが、それすらもなくしてしまった。

自分が残り、父親を帰す選択をしたことに、後悔はない。だが後悔はなくとも、それで悲しさや寂しさがなくなるわけではない。

「——山崎さん、いますかー?」

しばらくして、屋敷の方から山崎を捜すような声が聞こえてきた。

「ええよ、あとで行くさかい」

離れようとすると、そう言って頭を押さえられる。

「大丈夫。お前が落ち着くまで、ここにおる」

山崎は小さな子どもをあやすように、優しく花の背中を撫でた。その手は熱く、濡れて冷えていた身体が少しだけ、あたたかくなった気がした。

▷

翌朝、新選組の屯所では、芹沢と平山、梅が殺され、平間が逃げたことで話題がもちきりだった。

梅は本当は秀二郎と宇治へ発ったのだが、芹沢が死んだことで菱屋に手出しされないよう、殺されたと噂を流しておくことになったらしい。

相田たちの起こした事件と八月十八日の政変からそう日がたっていなかったこともあり、三人の死について隊士たちは、おそらく長州の人間に殺されたのだろうと考えているようだった。

いつものように朝食を作ったあと、花は洗濯物を洗おうと部屋に戻った。

——父親は無事に現代へ帰れただろうか。

血に汚れた着物をまとめながら考える。

命は助かっただろうか。母親と再会することはできただろうか。

不安で昨夜は眠れなかった。しかしどれだけ考えても自分には知るよしもない。

うつむいたところで、ふと袴の紐に括りつけていたストラップが目に入った。

外してしまおう。つけていたって、もう何の意味もない。叶《かな》うはずのない、淡い期待を持ち続けてしまうだけだ。

花はストラップを外して、リュックの中に入れた。その瞬間、リュックの中が光る。中を覗くとスマートフォンの画面が光っているようだった。

数日前に母親のメールを見て、そのまま電源を落とすのを忘れていたのだ。充電は残りわずかで、今電源を落とすともう二度と起動できなくなりそうだ。

最後にもう一度だけ、母親のメールを読もうとスマートフォンを手に取る。

そこで花は、未読の新着メールが一件あるのに気づいた。――母親からだ。

誕生日に送られたメールとは違う。日付けはその二日後だ。ストラップを見ると、僅かに残っていた石の色が完全に消えて、真っ白になっていた。

もしかして、この石の力で現代からメールが届いたのだろうか。

震える指先で、メールフォルダを開く。

『謝る必要なんてない。

花がお母さんを信じられないでいたことは分かっていたけど、信じられない自分を後ろめたく思ってしまう優しい子だってことも、ちゃんと分かっていたから。花を恨んだことなんて、一度もありません。

あなたが笑顔で生きていられたら、それだけでお母さんは幸せです。

どうかこのメールがあなたに届きますように。愛する花へ』

花はメールを何度も読み返した。何度も繰り返し読んで、やがてスマートフォンの電源が落ちて液晶画面が暗くなる。

母親のメールは、まるで花が謝りたがっていたことを誰かから聞いたようだった。

考えてふと、タイムスリップしたあとの経過時間と現代の経過時間は同じでなかったことを思い出す。

そういえば自分がタイムスリップした日の前日、人が刺される事件があった。

さっき届いたメールの日付はその事件の三日後。――もしかして、あの被害者は……。

花は部屋を飛び出して、台所へ走った。確か、三上たちから貰った段ボール箱には、あの日の朝刊が入っていたはずだ。

台所に着くと、隅に置いていた段ボール箱を引っ張り出して、中に畳んで仕舞っていた新聞を広げる。テレビ欄、スポーツ面、政治面、社説――。

「あった……」

二月十三日の午後七時、烏丸三条《からすまさんじょう》の交差点で起こった傷害事件。被害者の名前は不明。傷は日本刀によってつけられたものとみられ、発見されたときは意識不明の重体だったが、桔梗という文字が刺繍《ししゅう》された手ぬぐいで止血されており、なんとか一命をとりとめたと書かれていた。

あのとき父親の傷を止血した手拭いは、現代で使っていた桔梗の屋号の入ったものだった。

――生きている。父親は現代で無事に生きているのだ。

花は新聞を置いて、台所を出た。昨夜降った雨の名残《なごり》か、湿った風が濡れた草の香りを運んでくる。空は高く澄んでいて、胸に染みるようだった。

「お父さん……お母さん……」

着物の合わせを摑んで呟く。喉の奥が締め付けられて、ほんの少しだけ涙が出た。

「……神崎？」

声をかけられて、慌てて頬を拭《ぬぐ》う。顔を向けると、巡察へ向かうところなのか、浅葱《あさぎ》色の羽織を着た山崎の姿があった。

「大丈夫か？」

泣いていたのに気づかれたらしい。心配そうに見る山崎に、花は頷いた。

「山崎さん、以前、私に全部忘れろって言いましたよね」

「……ああ」

答えた山崎の顔を、まっすぐに見つめる。

「私、忘れません。全部、ちゃんと覚えてます」

何が正しくて、何が間違っているのか、今も分からない。きっと答えを出したところで、それが本当に正しいのか分かる人は誰もいない。この世に少しの間違いもない、正しい人間など一人もいないし、自分も決して正しい人間などではないから。

だが、それでも正しくあろうともがいている。本当の正義がどこにあるのか、不条理なこの世の中で探し続けている。

「佐々木さんのことも、相田さんや佐伯さんのことも……全部、覚えてます」

絶対に忘れたりしない。どれだけ辛く、悲しく、目を背《そむ》けたくなるようなことでも、受け止めて一つ一つ乗り越えていく。

それはきっと私の糧《かて》となり、大切な人を守る強さになると信じている。

エブリスタ
国内最大級の小説投稿サイト。

小説を書きたい人と読みたい人が出会うプラットフォームとして、これまでに200万点以上の作品を配信する。

大手出版社との協業による文芸賞の開催など、ジャンルを問わず多くの新人作家の発掘・プロデュースをおこなっている。

https://estar.jp

この作品は、小説投稿サイト「エブリスタ」の投稿作品「新選組のレシピ（壬生狼のお抱え料理人）」に大幅な加筆・修正を加えたものです。

著者紹介
市宮早記（いちみや　さき）
広島県出身。小説投稿サイト「エブリスタ」で執筆した作品が書籍化し、作家デビュー。

PHP文芸文庫　新選組のレシピ

2019年7月22日　第1版第1刷

著　者　　市宮早記
発行者　　後藤淳一
発行所　　株式会社ＰＨＰ研究所
東京本部　〒135-8137 江東区豊洲5-6-52
第三制作部文藝課　☎03-3520-9620(編集)
普及部　☎03-3520-9630(販売)
京都本部　〒601-8411 京都市南区西九条北ノ内町11
PHP INTERFACE　https://www.php.co.jp/
組　版　　朝日メディアインターナショナル株式会社
印刷所　　図書印刷株式会社
製本所　　東京美術紙工協業組合

ISBN978-4-569-76893-9